A Collection Of *Short Stories Of Poe*

Edgar Allan Poe

sodampublishingcompany

A COLLECTION OF
Short Stories Of Poe

포우단편집

펴낸날 2003년 9월 20일 초판 1쇄 **지은이** E. A. 포우 **옮긴이** 임병윤 **그린이** 이종균 **펴낸이** 이태권 **펴낸곳** 소담출판사 서울시 성북구 성북동 178-2 (우)136-020 **전화** 745-8566~7 **팩스** 747-3238 **E-mail** sodam@dreamsodam.co.kr **등록번호** 제2-42호(1979년 11월 14일) **홈페이지** www.dreamsodam.co.kr **기획 편집** 박지근 이장선 가정실 구경진 마현숙 **미술** 김미란 이종훈 이성희 **본부장** 홍순형 **영업** 박종천 장순찬 이도림 **관리** 유지윤 안찬숙 장명자

ISBN 89-7381-754-X 04800 ISBN 89-7381-755-8 04800 (5권세트)

● 책 가격은 뒤표지에 있습니다.

Bestseller
MINIBOOK
005

포우단편집

E. A. 포우 지음

임병윤 옮김

이종균 삽화

sodampublishingcompany

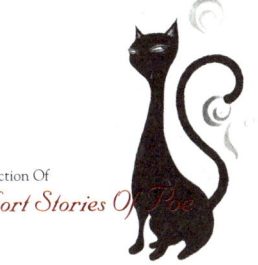

A Collection Of

Short Stories Of Poe

나는 조끼 주머니에서 조그만 칼을 꺼내 애처로운 고양이 녀석의
목을 틀어쥔 채 한쪽 눈알을 태연하게 도려내 버렸다.

Edgar Allan Poe
1809~1849

A Collection Of Short Stories Of Poe

에드거 앨런 포우

A Collection Of
Short Stories Of Poe

검은
고양이

The Black Cat

지금부터 시작하려는 아주 흉악하지만 꾸밈없는 이야기에 대하여, 다른 사람들이 믿어주기를 바라지도 않으며 또 믿어달라고 하고 싶지도 않다. 실제로 그런 사건이 있었다는 사실에 내 자신의 전신全身이 역겨워질 정도인데, 그런 기대를 한다는 것은 미친 짓거리와 다름이 없을 것이다. 그러나 나는 미치지 않았다. 그리고 꿈을 꾸고 있는 것은 더더욱 아니다. 하지만 내일이라도 나는 죽을지 모른다. 그래서 마음의 짐을 모두 풀어 놓고 싶은 것이다. 나는 무엇보다도 보통의 가정에서 일어난 일련의 사건들을 솔직히, 그리고 군소리 없이 간결하게 세상 사람들 앞에 풀어 놓고 싶을 뿐이다.

이 사건의 결과는 나에게 공포와 괴로움을 주었고, 마침내는 나를 파멸시켜 버렸다. 하지만 그 이유를 구태여 밝히고 싶지는 않다. 나에게는 그 사건이 공포감을 주었을 뿐이지만, 다른 사람들에게는 공포감이 아니라 기이한 느낌을 줄지도 모르겠다. 이후로 어떤 지성知性이 나타나 나의 이 환상적 경험이 지극히 평범한 사건에 지나지 않는다는 것을 밝힐지도 모르겠다. 나보다 더 신중하고 논리적이며 냉철한 지성을 지닌 사람이, 나는 두려움에 떨면서 묘사하고 있는 이 사건의 전말을 자연의 인과법칙에 따른 아주 평범한 일련의 과정이었던 것으로 해석해낼 수도 있다는 뜻이다.

나는 어렸을 때부터 무척 온순하고 정이 많은 아이였다. 마음이 너무 여린 나머지 동무들이 이를 두고 놀려대곤 하였다. 나는 유난히 동물을 좋아했고, 부모님들은 이런 나에게 아주 다양한 애완용 동물을 사주셨기 때문에 동물들에 파묻혀 지내다시피 했으며 그들에게 먹이를 주며 어루만지는 시간만큼 행복한 것은 없었다. 이런 특이한 성격은 자라면서도 변함이 없었고, 장년이 되어서도 나의 주요한 즐거움 중의 하나였다.

충실하고 영리한 개에게 애정을 느껴 본 사람들에게는 그 즐거움이 어떤 것인지 또 얼마나 가슴 깊게 와 닿는지를 내가 수고스럽게 구구절절 설명할 필요가 없을 것이다. 그저 그런 인간의 하찮은 우정이나 얄팍한 신의에 자주 휘둘려 본 사람들의 마음을 콕콕 찌르는 그 무엇이, 동물의 헌신적이고 희생적인 사랑 속에는 있는 것이다.

나는 일찍 결혼하였는데, 아내도 다행히 그런 나와 성격이 비슷했다. 내가 동물을 무척 좋아하는 것을 알고 아내는 기회가 될 때마다 정말 마음에 쏙 드는 동물들을 사들였다. 결국은 새들과 금붕어, 개, 토끼, 조그마한 원숭이, 그리고 고양이까지 집안을 가득 채웠다.

그 중 고양이는 굉장히 덩치가 크고 아름답게 생긴 녀석으로 온몸이 새까맣고 놀랄 정도로 영리했다. 속으로 적잖이 미신을 믿는 아내는, 고양이 녀석이 영리하다는 말을 할 때면 검은 고양이는 모두 마녀가 변장한 것이라는 옛날부터 내려오는 전설을 번번이 들먹이곤 했다. 하지만 아내가 이 말을 진지하게 한 것은 아니었고, 나도 방금 기억이 나서 그냥 한번 말해 보는 것일 뿐 별다른 이유가 있는 것은 아니다.

플루토(염라대왕)—이것이 그 고양이 녀석의 이름이었다—는 내 마음에 쏙 들었고 나는 녀석과 함께 장난을 치곤 했다. 녀석은 내가 주는 먹이만 받아먹었고, 집 안 어디든지 내 뒤를 졸졸 따라다녔다. 그래서 볼일을 보러 외출할 때면 녀석을 떼어놓느라 무진 애를 먹어야 했다.

고양이 녀석과 나는 몇 년을 이렇게 친하게 지냈는데, 그런 동안에 내 성격은 무절제한 폭음으로 인해—말하고 나니 얼굴이 확 달아오르지만—극도로 과격해져 버렸다. 날이 갈수록 점점 더 침울해지고, 아무것도 아닌 일에 화를 스스로 돋우며, 다른 사람의 감정 따위는 안중에도 없었다. 나는 아내에게 폭언을 서슴지 않았으며 마침내는 폭력까지 휘두르는 지경에 이르렀다. 나의 이런 성격 변화에 동물들까지도 시달릴 수밖에 없었다. 하지

만, 플루토에게만큼은 애정이 남아 있었다. 토끼와 원숭이, 심지어 개들까지 조금만 발에 걸려도 녀석들이 애교를 부리든 말든 가차없이 걷어차 버렸지만, 그 녀석만은 학대하지 않으려고 끝까지 조심했었다. 하지만 나의 병적인 성정性情은 점점 더 악화되었고―알코올 중독과 같은 병이 어디 있겠는가!―마침내 플루토―이 녀석도 제법 나이가 들어서 그런지 앙탈을 부리기도 했지만―녀석에게까지 손을 대게 되었다.

어느 날 밤, 마을의 단골 술집에서 곤드레만드레가 되어 집으로 돌아오니 플루토가 나를 슬금슬금 피하는 것 같았다. 심지어는 내가 녀석을 꽉 붙잡자, 나의 갑작스런 거친 행동에 놀랐는지 이빨로 손등에다 상처를 내어버렸다. 순간 지독한 분노가 들끓어 오르면서 나는 정신이 약간 나가버렸다. 내 본래의 성정마저 몸에서 쭉 빠져버리는 듯한 느낌이 들면서, 악마를 무색케 하는 진(gin, 술의 일종)에 찌들은 저주가 온몸 구석구석에 짜르르 퍼지기 시작했다. 나는 조끼 주머니에서 조그만 칼을 꺼내 애처로운 고양이 녀석의 목을 틀어쥔 채 한쪽 눈알을 태연하게 도려내 버렸다. 이 잔인무도한 짓거리를 고백하고 있으려니 얼굴이 화끈거리고 온몸이 달아오르면서 소름이 끼친다.

다음 날 아침 제 정신이 돌아왔을 때―지난밤의 폭음으로 인

한 주독은 말끔히 사라졌다─나는 내가 저지른 악독한 짓거리에 대한 공포감과 참회하는 마음이 뒤섞인 감정을 주체할 수 없었다. 그러나 그 감정도 내 본성을 바꾸기에는 아주 미약하고 애매했다. 나는 다시 폭음으로 나날을 지새웠고, 내가 저지른 짓에 대한 모든 기억도 들이붓는 술과 함께 이내 잊혀졌다.

이러는 동안에 고양이는 그럭저럭 회복되어 갔다. 눈알을 도려낸 눈구멍은 보기에도 섬뜩할 정도였지만, 더 이상 고통을 느끼는 것 같지 않았다. 녀석은 예전처럼 집안을 이리저리 돌아다니긴 했지만 내가 가까이 가기만 하면─예상하기는 했지만─극도로 겁에 질린 모습으로 달아나 버렸다. 한때 그렇게도 나를 따르던 녀석이 분명한 혐오감을 내보이는 모습에 처음에는 비애감이 느껴졌던 것을 보면, 녀석에 대한 옛날 감정이 어느 정도는 남아 있었던 것 같다. 그러나 이런 감정도 곧 분노로 변해 갔고, 마침내는 나를 돌이킬 수 없는 파멸의 구렁텅이로 몰아가는 듯한 주체할 수 없는 사악한 기운이 마음 한 구석에서 꿈틀댔다.

이러한 심리 상태에 대해서는 아직 어떤 철학적 설명도 없다. 하지만 나는 내 영혼이 살아 숨쉬고 있다는 분명한 사실만큼이나, 이런 사악성邪惡性은 우리 인간의 마음속에 자리잡고 있는 아주 원시적인 충동 가운데 하나로, 인간을 이끄는 기본적인 힘 또는 성정이 서로 불가분적으로 융화되어 있는 것이라고 믿고 있다. 우리가 나쁜 짓이나 어리석은 행동을 수차 반복해서 저지르는 것은, 다른 이유보다도 단지 그것을 해서는 안 된다는 것을 알고 있기 때문은 아닐까? 우리가 아주 현명한 판단력을 가지고 있음에도 불구하고 자꾸만 법을 어기고 싶은 충동이 이는 까닭도 법이란 어거서는 안 되는 것이란 생각을 가지고 있기 때문은 아닐까?

거듭 말하지만, 이와 같은 사악한 기운이 결국은 나를 파멸로 몰아가고야 말았던 것이다. 아무런 죄도 없는 고양이 녀석에게 계속해서 위해危害를 가하고 결국에는 녀석을 죽이도록 나를 몰고 간 것은, 스스로를 분노로 몰아가고 자신의 본성을 파괴하며, 오직 악 그 자체를 위해 악을 행하는 영혼의 알 수 없는 욕망이었다.

어느 날 아침, 나는 아주 냉혹하게 고양이 녀석의 목에 올가미를 걸어 나뭇가지에 매달아 버렸다. 두 눈에는 눈물을 줄줄 흘리면서, 가슴이 찢어질 듯한 비통한 마음으로 녀석의 목을 매달았던 것이다. 고양이 녀석이 나를 좋아했었기 때문에, 또 녀석이 나의 분노를 살 만한 아무런 이유가 없다는 것을 잘 알고 있었기 때문에 더욱 비통한 마음이었다. 녀석을 이렇게 죽이는 것은 죄악이라는 것을, 전지전능한 신의 무한한 자비로도 영원히 나의 영혼을 용서할 수 없을 정도로 극악무도한 죄악이라는 것을 알고 있었기 때문에 더더욱 그런 마음으로 녀석을 매달았던 것이다.

이 잔인하고 끔찍한 참살행위가 있었던 그날 밤, "불이야!" 하는 고함 소리에 나는 벌떡 잠에서 깼다. 방안의 커튼이 불타오르고 있었고, 집 전체가 불길에 휩싸여 있었다. 아내와 하녀와 나는 가까스로 이 화마火魔로부터 빠져 나왔다. 집은 완전히 잿더미가 되어 버렸다. 내 전재산을 이 놈의 화마가 꿀꺽 삼켜 버렸고, 그 후로 나는 절망적인 삶을 살아가지 않으면 안 될 신세가 되어 버렸다.

나는 이 재난과 내가 저질렀던 광포한 행위 사이에 어떤 인과관계가 있을 거란 생각에 그것을 밝히려 안절부절못할 만큼 그렇게 마음 약한 위인은 아니다. 다만 일련의 사실들의 연관 관계를 자세히 살펴보고자 하는 것이다. 즉 조금이라도 불완전한 연관 관계가 있다면 그 관계를 보다 정확하게 밝혀 보고 싶다는 것이다.

화재가 있었던 다음날, 나는 불타 없어진 집터에 가 보았다. 모든 벽이 불에 타 없어졌는데 유독 벽 한쪽이 그대로 있었다. 그것은 집 한가운데 있는 그리 두껍지 않은 칸막이 벽으로, 내 침대

머리 쪽에 있던 벽이었다. 회灰를 바른 탓에 불길을 상당히 잘 견
뎌낸 모양인데, 나는 특히 최근에 새로 발랐기 때문에 그런 것이
라 추측했다. 이 벽 주위에는 많은 사람들이 모여 있었고, 그들
은 어느 한 부분을 자세하게 살펴보고 있는 것 같았다. "아주 이
상해!", "묘한데!' 하는 감탄사들이 호기심에 가득 찬 흥분된 목
소리로 터져 나오고 있었다. 벽 쪽으로 다가가 보니 마치 흰 벽
에 조각을 해 놓은 것처럼 커다란 고양이의 형상이 드러나 있었
다. 그 인각印刻은 정말 놀랄 만큼 정확하고 세밀했으며, 고양이
의 목에는 밧줄이 드러나 있었다.

처음 이 유령―나는 유령이라고밖에 생각할 수 없었다―이 눈
에 들어왔을 때, 극도의 놀라움과 공포가 나를 엄습했다. 그러나
찬찬히 생각해 보니 마음이 조금 안정되었다.

내 생각으로는 집에서 조금 떨어진 정원에 고양이를 걸어놓았
었는데, "불이야!' 라고 외치는 소리에 주위 사람들이 몰려들었
고 그 중의 누군가가 고양이를 나무에서 떼어내 열린 창문을 통
해 내 침실 안으로 던진 것이 분명하며, 아마도 잠자던 나를 깨우
기 위해서 그렇게 한 것 같았다. 다른 벽들이 무너지면서 내가
그토록 잔인하게 죽인 고양이 녀석은 다시 한 번 새로 바른 회벽
에 짓눌렸으며, 벽에 바른 석회 성분과 화염의 뜨거운 열기, 그리

고 고양이 시체에서 나온 암모니아 성분이 어울리면서 이런 모습의 인각을 만들어 놓았을 것이라는 생각이 들었다.

이 놀라운 사실을 양심의 가책은 추호도 느끼지 않은 채 이성적인 분석으로 자세하게 설명하기는 했지만, 그렇다고 해서 내가 정신적으로 충격을 받지 않았다는 것은 결코 아니다. 그 후 여러 달 동안 나는 고양이의 환영에 시달려야 했으며, 이러는 동안 실제로는 참회의 감정은 조금도 없으면서도 마치 참회하는 척하는 미묘한 감정이 마음 한 구석에 자리잡고 있었다. 결국 고양이가 없어진 것이 못내 애석했던 나는 자주 드나들던 그 지긋지긋한 술집에서조차 주위를 둘러보며 녀석과 똑같이 생기거나 조금이라도 비슷한 외모를 가진 고양이가 보이면 녀석 대신 위안을 삼는 정도에까지 이르렀다.

어느 날 밤, 한 싸구려 술집에서 아무 생각 없이 멍청하게 앉아 있으려니까, 진(gin, 술의 일종)인지 럼(rum, 술의 일종)인지 모르겠지만 실내 가장자리를 가득 채우고 있는 큰 술통 위에 검은 물체 하나가 웅크리고 앉아 있는 것이 얼핏 눈에 들어왔다. 몇 분 전부터 그 술통 위를 줄곧 바라보고 있었는데, 그때서야 그 물체가 눈에 띈 것이 무척 이상하다는 느낌이 들었다. 나는 다가가서 확인해 보았다. 그것은 검은 고양이로 플루토 만큼이나 아주 덩치가 컸으며 한 군데만 빼고는 구석구석 플루토와 꼭 닮은 녀석이었다. 플루토는 몸 어디에도 흰 털이라고는 없이 전신이 검은색이었지만, 이 녀석은 비록 희미하기는 했지만 거의 가슴 전체에 흰 털이 얼룩덜룩 나 있었다.

내가 쓰다듬자 녀석은 곧바로 일어나 큰 소리로 가르랑대면서 손에다가 얼굴을 비벼댔는데, 내가 아는 체 하는 것이 무척 반가웠던 모양이다. 녀석이야말로 내가 찾던 바로 그 고양이었다. 즉시 술집 주인에게 녀석을 사겠노라고 했더니, 그는 자기 고양이도 아니고 어디서 왔는지도 모르며 이전에도 본 적 없다고 했다.

녀석을 쓰다듬으며 시간을 보내다 집으로 돌아갈 채비를 하자, 고양이 녀석이 따라올 기세를 보이기에 그렇게 하도록 내버려 두었다. 집으로 오는 도중에 몇 번 허리를 굽혀 녀석을 쓰다듬어 주었다. 집에 들어서자마자 녀석은 얌전한 모습으로 적응하는 것 같았고, 아내도 녀석을 몹시 귀여워했다.

그런데 나는 어느 순간부터 녀석이 슬금슬금 싫어지기 시작했다. 이건 정말 뜻밖의 일이었다. 도대체 알 수 없는 일이었지만, 고양이 녀석이 나를 좋아하고 따르는 것이 오히려 역겨워지면서 성가시다는 생각이 들었다. 이런 불쾌감과 염증厭症은 서서히 지독한 증오심으로 변해갔다. 나는 녀석을 피했다. 잔혹하게 죽인 고양이에 대한 기억과 수치심 때문에 녀석을 물리적으로 학대할 수도 없으니 차라리 피해 버린 것이었다. 그 후 몇 주일 동안은 녀석을 때리지도 않고 학대하지도 않았다. 하지만 아주 서서히 녀석에게 이루 말할 수 없는 증오심을 느끼게 되었고, 녀석의 밉살스러운 모습이 보이기만 하면 마치 전염병 환자의 숨결을 피하듯이 녀석을 슬금슬금 피하게 되었다.

고양이 녀석에 대한 나의 증오를 더더욱 부채질한 것은, 녀석을 데리고 온 다음날 아침에 보니까 녀석도 플루토와 마찬가지로 한쪽 눈알이 없다는 사실이었다.

하지만 인정 많은 아내는 이러한 처지의 녀석을 더 측은해 하며 아꼈다. 나도 옛날에는 유별나게 정도 많았고 또 그것을 베풀며 즐거워하고 기뻐했던 적이 있었는데…….

내가 고양이 녀석을 미워하고 피하는데도 불구하고, 녀석은 점점 더 나를 좋아하는 것 같았다. 거짓말이라고 할 정도로 끈덕지게 내 발걸음을 쫓아다녔다. 내가 앉아 있을 때에도 어디든 쫓아와 내 의자 아래에 웅크리고 있거나 무릎 위로 뛰어올라와 지긋지긋하게 핥거나 비벼댔다. 내가 일어나서 걸으려면 어느새 내 다리 사이에 기어 들어와 자칫 넘어질 뻔하기도 했고, 날카롭고 긴 발톱으로 옷자락을 꽉 부여잡은 채 가슴까지 기어오르기도 했다. 그럴 때마다 녀석을 한주먹에 때려눕혀 버리고 싶은 심정이었지만 그렇게 할 수는 없었는데, 옛날에 저지른 짓거리가 생각났기 때문이기도 하지만, 사실 솔직히 말하면 녀석이 너무나도 두려웠기 때문이다.

이 두려움은 꼭 육체적인 위해危害에 대한 두려움만은 아니었다. 하지만 달리 적절한 설명을 하기도 무척이나 어려운 것이다. 말하기 부끄럽지만—지금 이 중죄인 감방에 앉아서도 말하기 부끄럽지만—그 고양이 녀석에게서 느낀 공포와 전율은 누구나 쉽게 가질 수 있는 아주 하찮은 망상으로 말미암아 생겨난 것이었다. 아내는 앞에도 말했듯이 내가 죽인 플루토와 이 기분 나쁜 고양이 사이에 유일하게 다른 점인 흰 털에 대해서 여러 차례 나의 주의를 환기시켰었다.

이 희고 검은 반점斑點은 크기는 했지만 처음에는 아주 희미하다고 했던 것을 독자들은 기억하고 있을 것이다. 그런데—내가 이런 현상을 하찮은 공상에 지나지 않는 것이라고 오랫동안 애써 외면하려고 한 면도 있기는 하지만—이 반점은 거의 눈에 띄지 않을 정도로 아주 서서히 윤곽을 나타내더니 마침내는 뚜렷하게 모습을 드러냈다. 그것을 입에 담으려니 온몸에 소름이 쫙 끼치는데, 드러난 윤곽의 형상이 그 무엇보다도 증오스러웠고 두려웠으며 그래서 이 괴물 같은 녀석을 더더욱 죽여버리고 싶은 충동이 일었다.

그것은 바로 끔찍하고도 무시무시한 교수대의 형상이었다! 공포와 죄악, 그리고 고뇌와 죽음을 만들어내는 슬프고도 무서운 형구形具, 올가미의 형상이었단 말이다!

나는 이제 인간으로서는 도저히 상상할 수도 없고 감당할 수도 없는 처참한 나락으로 떨어져 버렸다. 내가 아주 무자비하게 살육해 버렸던 녀석과 하등 다를 바 없는 괴물 같은 짐승 하나가 나에게, 신의 형상을 본떠 만들어진 만물의 영장인 나에게, 어찌 이처럼 견딜 수 없는 고통과 비감을 안겨 줄 수 있단 말인가! 아, 이럴 수가 있단 말인가! 낮이든 밤이든 한시도 나에게는 마음 편할 날이 없었다. 낮이면 고양이 녀석은 한시도 내 곁을 떠나지 않았고, 밤에는 매 시간마다 꿈속에서 말로 표현할 수 없는 공포에 시달리다가 눈을 떠 보면 녀석이 천근 같은 무게로 내 위에 올라탄 채 얼굴을 빤히 내려다보며 더운 숨을 내뱉고 있었다. 이것은 도저히 어찌할 수 없는 악몽 그 자체였고, 녀석은 영원히 나의 심장을 짓누르고 있는 악마의 화신이었다.

그나마 내 마음속에 희미하게 남아 있던 선한 마음마저 이와 같은 고통에 짓눌리다 보니 흔적도 없이 사라져 버리고 사악한 생각만, 세상에서 가장 무섭고 악독한 생각만 머리를 맴돌 뿐이었다. 어둡고 음침한 나의 성정은 세상의 모든 동물과 모든 인간들을 증오하기에 이르렀다. 시도 때도 없이 불쑥불쑥 터져 나오는 감당할 수 없는 나의 울화는 이제는 나 스스로도 포기해버린 어쩔 수 없는 지경에까지 이르렀는데, 그럴 때마다 불평 한마디 없이 그 고통을 꾹 참고 견뎌 내는 아내가 못내 안돼 보이기도 했다.

우리는 화재 이후 가난해져서 낡은 집으로 이사해 살게 되었다. 어느 날 지하실을 정리하려고 내려가는데 아내가 따라 내려왔다. 고양이 녀석도 가파른 계단을 따라 쫓아왔는데, 나는 하마터면 녀석으로 인해 거꾸로 처박힐 뻔했기 때문에 화가 머리 꼭대기까지 치밀어 올라 있었다. 너무나 화가 치민 나머지 지금까지 나를 망설이게 했던 그 유치한 두려움은 잊어버린 채 도끼를 번쩍 들어 녀석을 향해 냅다 휘둘렀다. 내 생각대로 제대로 맞았다면 녀석은 그 자리에서 즉사했을 테지만 아내가 내 팔을 잡는 바람에 뜻대로 되지 않았다. 나는 아내의 제지에 악마보다도 더한 분노에 휩싸여, 아내의 팔을 뿌리치며 그 도끼로 아내의 머리를 내리찍어 버리고 말았다. 아내는 비명조차 질러보지 못하고 그 자리에 바로 고꾸라졌다.

이 끔찍한 살인을 저지르고 난 뒤 나는 시체를 감출 방법을 궁리하기 시작했다. 낮이든 밤이든간에 아내의 시체를 집 밖으로 옮기다가는 반드시 이웃의 눈에 띌 것이 불을 보듯 뻔했다. 많은 방법들이 머리를 스치고 지나갔다. 어떤 때는 시체를 잘게 토막내 불에 태워 버릴까 하는 생각도 하고, 또 어떤 때는 지하실에 구멍을 파서 그곳에 묻어 버릴까 하는 생각도 해 보았다. 또 마당에 있는 우물에다 던져 버릴까, 아니면 물건인 양 상자에 넣어 포장해서는 인부를 시켜 집 밖으로 내어가게 해 볼까도 생각해 보았다.

　이런저런 궁리 끝에 결국 무엇보다도 근사한 방책이 머리에 떠올랐다. 중세의 승려들이 살해한 시체를 벽에다 집어넣고 발라 버렸다는 기록이 전해지는 것처럼, 나도 지하실 벽 속에다 시체를 틀어넣고 벽을 발라 버리기로 마음먹은 것이다.

　이런 목적을 위해서라면 이 지하실이야말로 더할 나위 없이 안성맞춤이었다. 벽은 허름하게 쌓아져 있었으며, 최근에 벽 전체에 회칠을 하기는 했지만 아무렇게나 대충 바른데다 지하실의 습기로 인해 아직 제대로 굳어 있지도 않았다. 더욱이 한쪽 벽면은 지하실의 다른 부분과 같이 보이게 하려고 벽난로와 연통 모양으로 꾸며 놓았는데, 그 안은 벽돌로 채워진 채 밖으로 툭 튀어

나와 있었다. 그 벽면의 벽돌들을 꺼낸 뒤 그 안에 시체를 넣어 다시 전과 같은 모습으로 감쪽같이 발라 버린다면, 누구도 그 안에 시체가 있으리라는 생각은 하지 못할 것 같았다.

나는 계획을 빈틈없이 실행에 옮기기 시작했다. 쇠막대를 이용하여 쉽게 벽돌을 꺼낸 다음, 시체를 조심스레 벽 안쪽에다 기대어 세워 놓고, 벽돌을 다시 원래의 모습대로 차곡차곡 쌓아 놓는 것은 그다지 힘이 드는 일도 아니었다. 그런 후에 회반죽, 모래, 털 등을 조심조심 배합해 이미 발라 놓은 것과 똑같은 회를 만들어 벽에 발랐다. 일을 끝낸 후 이 정도면 감쪽같다 하고 안도했다. 벽을 다시 손질한 흔적은 어디에도 없어 보였다. 바닥에 널브러져 있는 부스러기까지 세심하게 주워담았다. 나는 득의에 찬 모습으로 주위를 한번 둘러보며 혼자 중얼거렸다.

"그래, 이렇게 해 놓고 보니간, 수고한 보람은 있구면."

내가 다음에 해야 할 일은 일을 파탄 지경으로 만든 그 고양이 녀석을 찾아내는 것이었다. 결국은 그 녀석까지도 죽여 버리기로 독하게 마음먹은 까닭이었다. 녀석과 바로 그때 마주쳤다면 두말 할 것도 없이 그 자리에서 죽였을 테지만, 녀석은 영악하게도 홧김에 저지른 나의 살인행위에 목숨이 위태롭다는 느낌을 받았는지 내가 지금과 같은 기분으로 있는 동안은 내 앞에 나타나지 않을 것 같았다.

　지긋지긋한 고양이 녀석이 없다는 생각에 내 가슴은 후련했으며, 그 통쾌하면서도 더 없이 즐거운 기분은 말로 이루 다 표현할수 없을 정도였다. 그날 밤 내내 녀석의 모습은 보이지 않았다. 살인을 했다는 의식이 내 영혼을 무겁게 누르고 있기는 했지만 녀석을 집으로 데려온 이후 처음으로 나는 아주 평온하게 단잠을 잤다.

　이틀이 지나고 사흘이 지나도 고양이 녀석은 여전히 나타나지 않았으므로, 나는 다시 한번 자유로운 몸이 되었다는 안도감을 느꼈다. 그 괴물 같은 녀석도 공포에 질려 이 집에서 영원히 달아나 버린 것이었다! 이젠 녀석을 더 이상 보지 않아도 되었다! 더 이상 행복할 수가 없었다! 내가 저지른 무서운 살인행위에 대해 나는 거의 양심의 가책을 느끼지 않았다. 몇 번의 취조를 받았지만 미리 준비한 대로 대답을 했으며, 한 차례의 가택 수색까지 있었지만 당연히 아무것도 나오지 않았다. 나는 앞으로 모든 것이 잘 될 수밖에 없을 것이라는 확신이 들었다.

　아내를 살해한 후 나흘째 되던 날, 한 무리의 경찰관이 불시에 집으로 들이닥쳐 집안을 다시 한번 엄중하게 조사하기 시작했다. 하지만 시체를 감춰 놓은 곳은 아무리 조사를 해 보아도 드러나지 않을 것이라 확신했기 때문에 나는 조금도 당황하지 않았다. 경찰관들은 그들의 수색에 동행해 줄 것을 요구했고, 집안 구석구석을 샅샅이 살펴보았다.

이윽고 그들이 지하실을 서너 차례인가 내려갔지만, 내 마음은 조금도 동요되지 않았다. 내 심장은 마치 세상 모르고 잠들어 있는 사람의 심장처럼 평온하게 뛰고 있었다. 나는 팔짱을 긴 채 지하실 이편 저편을 유유히 왔다갔다했다. 경찰관들은 찾을 만큼 다 찾아보았다는 표정으로 지하실에서 나갈 채비를 하고 있었다.

나는 가슴속에서 울렁이는 희열을 도저히 참을 수가 없었다. 결국은 내가 승리했다는 것을 은근히 과시하고 싶은 마음에, 그리고 경찰관들에게 나의 무죄를 한층 더 확실히 인식시키고 싶은 마음에, 딱 한마디만 해야겠다는 생각이 불끈 일었다.

"여러분!"

경찰관들이 조사를 끝내고 계단을 오르고 있을 때, 나는 마침내 참지 못하고 입을 놀리고 말았다.

"여러분들의 의심이 풀리게 되어 기쁩니다. 여러분께 감사를 드리며, 모두들 건강하시기 바랍니다. 그런데 말이죠, 이 집, 이 집은 말입니다, 집 구조가 아주 훌륭합니다."

나는 아무 말이나 그냥 내뱉고 싶어서 미칠 듯한 기분으로 내 자신이 지금 무슨 말을 지껄이고 있는지도 몰랐다.

"아주 잘 지어진 집이라고 할 수 있죠. 이 벽들은 말이죠, 아니 여러분, 그냥 가시려고요? 이 벽들은 정말 견고하게 쌓여져 있지요."

여기까지 말하고는, 미친 녀석이 괜한 허장성세虛張聲勢를 부리는 듯한 모습으로, 손에 들고 있던 막대기로 아내의 시체를 세워 놓은 벽 부분을 세차게 후려갈겼다.

안 돼! 신이시여, 마왕의 독 이빨로부터 나를 구해주소서! 지하실을 울리는 충격의 소리가 잦아드는 순간, 벽 속에서 이상한 소리가 들려 올 줄이야! 처음에는 어린 아기의 울음 소리 같은 것이 이어졌다 끊어졌다 하면서 들리더니, 갑자기 소리가 커지면서 잔인하고 저주가 가득한 비명 소리로 변해 울부짖는 듯이 길게 이어져 나왔다. 지옥에 떨어져 고통받고 있는 자들의 울부짖는 소리와 그들에게 형벌을 가하고 기뻐 날뛰는 지옥 형리刑吏들의 고함 소리가 함께 터져 나오는 듯한 공포와 승리의 희열이 뒤섞인 비명이었다.

내 기분 따위를 이야기하는 것은 어리석은 짓일 것이다. 나는 정신이 혼미해져 비틀대다가 반대편 벽에 겨우 기대섰다. 계단

을 올라가던 경찰관들도 극도의 공포와 두려움을 느꼈는지, 그 자리에 잠시 꼼짝도 않고 서 있었다. 그리고는 곧바로 열두 개의 건장한 손들이 달려들어 벽을 파내기 시작했다. 벽돌은 한꺼번에 모두 떨어져 나갔다. 이미 심하게 부패되고 머리에는 핏덩이가 말라붙은 시체가 바로 눈앞에 똑바로 서 있었다. 시체의 머리 위에는 나를 살인으로 몰아 넣고, 그것도 모자라 소리를 질러 교수대로 끌고 온 그 녀석이, 그 끔찍한 고양이 녀석이 시뻘건 입을 크게 벌린 채 이글이글 타오르는 듯한 한쪽 눈을 크게 뜨고 앉아 있었다.

나는 이 괴물 같은 녀석도 아내의 시체와 함께 벽 속에 집어넣고 발라 버렸던 것이다.

어셔 가家의 몰락

The Fall of the House of Usher

그해 가을, 종일토록 음침하고 적막한 날씨 속에 검은 먹구름이 낮게 하늘을 뒤덮고 있는 어느 날, 나는 아주 이상한 귀기鬼氣를 느끼게 하는 시골길을 말을 탄 채 혼자서 지나가고 있었다. 이윽고 땅거미가 내릴 무렵 나는 스산한 어서 가家가 보이는 길목으로 들어섰다.

그때 왠지는 모르겠지만 그 집이 처음 눈에 들어온 순간, 침울한 감정이 솟아올라 견딜 수가 없었다. 나는 정말 견딜 수가 없었다. 아무리 황량하고 공포를 느끼게 하는 자연 속에 놓여진다 하더라도 그것에 어느 정도는 흥미를 갖게 되는 시적인 정서를 가진 사람의 기질조차 아무런 소용이 없었다.

나는 눈앞에 펼쳐진 광경―덩그런 집 한 채와 보잘것없는 주위 경관, 황폐한 담, 마치 초점 잃은 휑한 눈을 연상시키는 창문들, 드문드문 나 있는 풀덤불, 허옇게 말라 죽은 몇 그루의 나무들―을 말할 수 없이 침울한 심정으로 바라보았다. 그때의 내 기분은 마치 마약 중독자가 몽롱한 약 기운에서 깨어나 일상으로 돌아와 있는 자신의 모습에서 느끼는 비통함, 또는 자신을 숨겨주고 있던 장막이 별안간 흔적도 없이 사라져 버린 허전한 공포감에나 비유가 될까, 이 세상 그 어떤 기분과도 비유할 수 없을 것 같다. 심장은 차디차게 얼어붙어 멎을 것 같았고 속은 뒤틀렸다. 제

아무리 치열한 시적 상상력으로 그 기분을 잡아보려 해도 도저히 정화될 수 없는 그런 황폐한 의식이 나를 감쌌다.

도대체 왜일까? 나는 잠시 생각했다. 어셔 가를 바라보는 나를 이토록 낙담시키는 것은 도대체 무엇일까? 그것은 정말 풀리지 않는 수수께끼와 같았다. 이런저런 생각을 곰곰이 해 보았지만 무수한 환영幻影만 어른거릴 뿐 뚜렷이 잡히는 건 없었다. 나는 어쩔 수 없이 불만스런 결론을 내리고 말았다. 이 자연에는 아주 단순한 것들이 얽히고 어울려서 우리에게 그런 이상한 기분을 갖도록 영향을 미치는 것이 틀림없는데, 우리의 생각의 깊이로는 도저히 이런 힘을 분석해 낼 수 없는 것이라고 생각하는 수밖에 없었다.

나는 문득, 이 광경을 이루고 있는 각 물체들을 그저 조금만 자리를 바꾸어 보면, 즉 다른 각도에서 이 광경을 바라보면 이렇게 음침하고 슬픈 기분을 자아내는 것이 좀 덜해지거나 아니면 아예 없어질 수도 있다는 생각이 들었다. 그래서 말을 몰아 어셔 가 근처에 잔잔히 빛을 반사하고 있는 시커먼 늪지 가의 낭떠러지로 가서 아래를 내려다보았지만, 물 위에 거꾸로 비친 회색의 잡목들과 소름끼치는 죽은 나무들, 휑하니 바라보는 듯한 창문은 전보다 더 오싹한 전율을 느끼게 했다.

이런 집인데도 불구하고, 나는 여기서 몇 주 정도를 머물 예정으로 온 것이었다. 이 집의 주인인 로데릭 어셔와는 어린 시절 아주 가까운 친구였는데, 그를 마지막으로 본 지도 꽤 많은 세월이 흘렀다. 그러던 어느 날 멀리 떨어져 살고 있는 나에게 그의 편지가 날아들었는데, 내용이 너무나 중대한 사안이라 내가 직접 가보는 도리밖에 없었던 것이다. 편지에는 그가 신경과민 증세임을 보여주는 구절이 몇 군데 있었다. 편지에서 그는 몸이 극도로 쇠약해졌으며 정신적 불안으로 몹시 괴롭다고 하면서, 정말로 내가 보고 싶다고 했다. 가장 좋은 친구이자 또 흉금을 털어놓고 말을 나눌 수 있는 하나밖에 없는 친구라면서 나와 함께 즐거운 시간을 보냄으로써 그의 우울한 마음을 호전시키고 싶다는 것이었다. 무엇보다도 그 편지를 써 내려간 그의 정중하면서도 친근한 태도와 진심 어린 요청에 나는 머뭇거릴 수가 없었다. 그리하여 나는 이 이상한 방문 길에 나섰던 것이다.

어린 시절 우리들은 절친한 사이이긴 했지만, 사실 나는 이 친구에 대해 아는 것이 별로 없었다. 그는 언제나 지나칠 정도로 수줍음을 탔었고, 특히 감수성이 뛰어났는데 그것은 깊은 내력을 가진 그의 가문 대대로의 특출한 기질인 것 같았다. 그의 가문은 훌륭한 예술작품을 많이 남겼고, 정통적이고 쉽게 이해되는 음악보다는 복잡 미묘하고 난해한 음악에 열정을 쏟고 있었으며, 근간에는 여러 차례 거금을 자선사업에 익명으로 기부하고 있었다. 또 내가 들은 바로는 대대로 존경을 받고 있는 어서가의 혈통은 여태껏 영속적인 분가가 한 번도 없었다는 아주 독특한 사실이었는데, 이것은 곧 아주 사소하고 일시적인 변동이 있기는 했지만 어서 가 전체가 직계로만 계승되어 왔다는 것을 의미했다.

내 생각으로는 가문의 특정 재산과 혈통을 이어받은 사람들이 완벽하게 보존 전승된다고 해도 오랜 세월이 흐르는 동안 가문의 재산이 나뉘면서 후손들의 분가에 영향을 줄 수 있다는 것을 생각해 보면, 아마도 분가 문제에 결함이 있었던 것 같았다. 그리하여 아버지로부터 아들에게로만 철저히 가산家産과 가명家名이 함께 전승되면서, 마침내는 가산의 본래 명칭조차도 기이하게 '어서 가家'라고 모호하게 부르면서 가산과 사람들을 혼동시켜 버렸는데, 이 명칭을 부르고 있는 농부들은 어서 가문과 가문의 재산까지 모두 포함해서 생각하는 것 같았다.

늪지 안을 내려다본 나의 어리석은 행동은 어서 가에 대한 기괴한 느낌만 더 크게 했을 뿐이라고 앞에서 말했다. 미신이라고밖에 단정할 수 없는 나의 그런 생각으로 인해 미신에 대한 믿음만 커지게 되었다는 것은 부인할 수 없는 사실이다. 오랜 경험으로 알게 된 것이지만, 공포감이 밑바닥에 도사리고 있는 정서는 이와 같이 모순적으로 스스로를 증폭시킨다는 것이다. 내가 늪지에 비친 집의 그림자에서 눈을 들어 실체의 집을 다시 쳐다보았을 때, 어떤 이상한 환영이―정말 너무도 엉뚱한 환영이라 다만, 당시 나를 짓눌렀던 강렬한 기분을 생생하게 보여주기 위해서 언급할 뿐이지만―얼핏 떠오른 것도 아마 이런 이유에서였을지 모르겠다. 이런 저런 상상을 하다 보니 집과 그 근처에 어려 있는 특유한 대기―하늘의 공기와는 전혀 다른, 말라 죽은 나무와 침침한 회색의 담벽, 그리고 고요한 늪지에서 뿜어져 나오는 이상한 독기毒氣가 무겁고 희뿌옇게 고여 있는 듯한―가 어서 가 전체를 가득 덮고 있다는 생각이 들었다.

이것은 틀림없이 망상일 뿐이라고 생각하면서 이런 기분을 떨쳐버리려고 나는 더 자세하게 집의 모양을 살펴보았다. 그 집의 가장 뚜렷한 특징은 아주 오래된 집이라는 것이었고, 오랜 성상星霜을 거치면서 많이 퇴색되어 있었다. 자디잔 곰팡이들이 건물의 외벽을 온통 뒤덮고 있었으며, 마치 촘촘한 거미줄같이 얽혀 처마 아래로 축 늘어져 있었다. 그 집의 황폐한 모습은 이 정도에서 그치지 않았다. 석조 건물 어디도 돌이 떨어져 나간 곳은 없어서 여전히 정교해 보이기는 해도 맞댄 돌들 사이 어딘가가 일그러져 있는 것 같았고, 또 그 돌들이 부서져 나가고 있었다. 마치 아주 오랜 세월 동안 내버려진 창고 안에서 바깥 공기라고는 전혀 쐬지 않은 채 썩어버린 낡은 목조 제품의 번드레한 외관을 보는 듯한 느낌이었다. 이처럼 아주 심하게 황폐해진 모습이었지만 집이 무너져 내릴 것 같지는 않았다. 자세히 살펴보지 않으면 쉽게 눈에 띄지 않을 균열이 건물 전면의 지붕에서부터 벽을 타고 내려와 음침한 늪지의 수면 속으로 이어지고 있었다.

이렇게 주위를 바라보며 짧은 둑길로 말을 몰아 그 집에 도착했다. 나는 기다리고 있던 하인에게 말을 맡기고 고딕풍의 아치형 현관 안으로 들어섰다. 발소리를 죽여가며 가만가만 걷는 집사가 입을 꾹 다문 채 어둠침침하고 복잡한 통로를 따라 주인의 서재로 나를 안내했다. 복도를 지나면서 마주치는 물건들은 왠지 모르게 내가 앞에서 말한 그 음침함을 더 강하게 자아내고 있었다. 주위의 물건들─천장의 조각, 벽에 걸려 있는 어둠침침한 벽모전, 바닥에 깔려 있는 까만 흑단, 옛날의 영화를 잔뜩 풍기듯 발을 옮길 때마다 덜걱대는 갑옷─은 어린 시절부터 내가 익히 보아 오던 것들이어서 당연히 친숙한 모습들이었는데, 그런 평범한 물건들의 형상에서 기이한 환영이 뿜어져 나오는 것을 느끼고는 다시 놀라지 않을 수 없었다.

어느 계단에선가 그 집의 주치의主治醫와 마주쳤다. 천박한 노회老獪함이 덕지덕지 붙어 있는 그의 얼굴은 당황한 기색이 역력했다. 그는 손을 떨며 다가와 인사를 하더니 이내 지나가 버렸다. 이윽고 집사가 방문 하나를 열어 나를 그의 주인이 있는 곳으로 안내했다.

내가 들어선 방은 굉장히 넓었고 높다란 천장이 있었다. 창문은 길고 좁았으며 뾰족한 모양이었는데, 검은 떡갈나무를 깔아 놓은 마루바닥에서 너무 멀리 달려 있어서 방안에서는 아무리 애를 써도 닿을 수가 없을 것 같아 보였다. 격자를 댄 유리창 사이로 진홍색의 가느다란 빛이 비쳐들어 주위에 드러난 물건들이 더욱 뚜렷하게 보였다. 하지만 방 구석구석과 완자무늬가 새겨진 반원형의 천장 여기저기를 살펴보려고 눈을 바쁘게 움직여 보아도 어둠에 가려 보이는 것은 없었다. 벽에는 검은 휘장이 둘러져 있었고, 가구는 상당히 화려했으나 쓸쓸한 느낌을 주는 옛날 가구로 여기저기 칠이 벗겨져 있었다. 많은 책과 악기가 어수선하게 흩어진 채 방의 분위기만 더 무겁게 하고 있었다. 숨을 들이쉬는데, 한 줌 비애감이 훅 빨려 들어왔다. 숨막힐 듯한 피폐한 기운과 어찌해야 좋을지 모를 침울함이 방안을 가득 덮은 채 구석구석을 돌아다니고 있었다.

내가 방으로 들어서자, 어서는 거의 몸 전체를 묻다시피 누워 있던 소파에서 일어나 활짝 핀 얼굴을 하며 따뜻하게 나를 맞이해 주었는데, 처음에는 그런 그의 정중한 모습에—인생에 권태를 느끼는 사람들이 흔히 만들어 내는 어색한 노력으로 비쳐지며—좀 과장된 듯한 느낌을 받았다. 하지만 그의 얼굴을 바라본 순간 그가 진심 어린 우정으로 나를 대하고 있다는 것을 알았다.

우리는 자리에 앉았다. 그리고 잠시 그가 아무런 말 없이 앉아 있는 동안 나는 그를 찬찬히 쳐다보았는데, 그 순간 그에 대한 동정심과 두려움이 함께 일었다. 어떻게 사람이 그 짧은 세월 동안에 저렇게도 끔찍하게 달라질 수 있을까 하는 생각이 들 정도로 로데릭 어서의 모습은 변해 있었다. 내 앞에 앉아 있는 이 창백한 사람이 나의 어린 시절 친구라는 사실이 믿어지지 않을 정도였다. 하지만 독특한 그의 얼굴 생김새는 예전과 변함이 없었다. 수척한 안색, 우수에 잠긴 듯 하면서도 묘한 광채를 발하는 커다란 눈, 약간 가는 듯 하면서 멋진 곡선을 그리고 있는 핏기 없는 푸른 입술, 전형적인 헤브루 형形이면서도 그런 형체에서는 좀처럼 보기 드문 넓은 콧구멍을 한 그의 코, 잘생겼지만 조금 들어간 탓에 도덕적인 정열이 부족하게 느껴지는 그의 턱, 거미줄보다도 더 부드럽고 가는 머리카락, 이 모든 특징이 남달리 넓게 생긴 이마와 더불어 쉽게 잊을 수 없는 인상이었다.

얼굴의 이런 특징들을 과장되게 표현하는 그의 모습과 표정에서 예전과는 너무나 다른 느낌을 받았기 때문에, 내가 지금 과연 그와 이야기를 나누고 있는 것인지 의심이 들 정도였다. 소름이 끼칠 정도로 창백한 피부, 그리고 묘한 광채를 발하는 그의 눈빛이 무엇보다도 나를 섬뜩하게 했고 두려움을 느끼게 만들었다. 비단결 같던 부드러운 머리카락도 전혀 손을 대지 않는지 마치 실타래처럼 엉켜 있어서 머리에서 늘어져 있다기보다는 둥둥 떠 있는 것 같았기 때문에, 아무리 보아도 그 기이한 얼굴이 평범한 사람의 얼굴 같아 보이지는 않았다.

그와 이야기를 나누는 도중에 나는 문득 그의 말이 앞뒤가 맞지 않는 것을 느꼈는데, 이것은 그가 극도의 정신적 흥분으로 몸이 떨리는 것을 참아보려고 끊임없이 애를 쓰고 있기 때문임을 나는 곧 알게 되었다. 하긴 그의 이런 기질에 대해서는 소년 시절의 성격이나 나에게 보낸 편지, 그리고 특이한 그의 체질과 감수성으로 미루어 보아 이미 어느 정도는 짐작하고 있었다. 그는 활기찬 모습을 보이다가도 갑자기 침울해지곤 했으며, 어떤 때는 완전히 원기가 빠진 듯 떨리는 목소리로 말을 머뭇대다가도,

이내 힘있는 목소리로 아주 간결하게 내뱉기도 했는데 이럴 때면 퉁명한 듯 하면서도 무게감 있는 침착한 목소리—완벽함을 느끼게 하는 묵직하고도 균형 잡힌 후음喉音—가 울려나왔다. 그의 이런 모습은 완전히 맛이 간 술꾼이나 불치의 마약 중독자가 한참 최고의 기분에 빠져 있을 때 드러내는 불안한 모습, 바로 그것이었다.

그는 이처럼 어지러운 말투로 왜 나를 부르게 되었는지, 그가 나를 얼마나 보고 싶어했는지, 또 나로부터 어떤 위안을 얻고 싶은 것인지를 이야기했다. 그리고 어느 정도 시간이 지나자 자신의 만성적인 병세의 본질이 무엇인지 이야기하기 시작했다. 그것은 체질적 유전병으로 도저히 치유가 안 되는 것이라고 했다가, 곧바로 단순한 신경질환에 지나지 않기 때문에 틀림없이 곧 나을 것이라고도 했다. 그의 병세는 이상한 감각을 아주 많이 드러냈는데, 어떤 감각들은 나에게—그의 말투와 태도에 어느 정도 영향을 받은 면도 있겠지만—흥미를 느끼게 하면서도 적잖이 당황하게도 했다. 그는 너무도 예민한 병적인 감각에 시달리고 있었다. 오직 담백한 음식만 입에 댈 수 있었고, 옷도 특정한 재질 외에는 입을 수 없었으며, 꽃향기만 맡으면 가슴이 답답했고, 아주 희미한 빛에도 눈을 제대로 가눌 수 없었으며, 오직 특정한

음향, 즉 현악기 이외의 소리에는 공포감을 느끼고 있었다.

그는 아주 이상한 공포감에 철저히 사로잡혀 있었다.

그는 이렇게 말했다.

"나는 반드시 죽을 거네. 이렇게 말도 안 되는 어리석은 모습으로 죽어야만 한다네. 다른 모습도 아닌 이런 모습으로 이 세상을 떠나야 한단 말일세. 내가 두려워하는 건 장차 일어날 사건들이 아니라, 그 결과일세. 나는 아무리 사소하고 흔히 있는 사건이라 할지라도 그것이 머리에 떠오르는 순간 바로 몸이 떨려 오네. 나의 이 연약한 영혼을 마구 흔들어 버린단 말일세. 나는 위험을 두려워하는 건 아닐세. 다만 그 위험에서 느끼게 되는 공포감을 두려워하는 거지. 이처럼 기진맥진한 처량한 몸으로 공포의 무시무시한 환영에 시달리는 사이 언젠가는 생명과 이성을 모두 잃어버리는 그 날이 오겠지."

나는 또한 그가 띄엄띄엄 내던지는 모호한 암시로부터 그의 정신 상태의 또 다른 기이한 면을 보았다. 그는 수년 동안 밖으로 나가 보지도 않은 채 자신이 살고 있는 그 집에 대한 어떤 미신적인 느낌에 강하게 사로잡혀 있었다. 너무나 모호하여 내가 지금 다시 설명하기는 어렵지만, 그는 자신에게 가해지는 어떤 미신적인 힘의 느낌을 이야기했는데, 가택의 외관과 실내의 분위기에서 풍기는 기이한 느낌들이 오랜 세월 그 곳에서 지내는 동안 그의 내면적 정서를 가득 채우게 되었고, 회색의 낡은 벽들과 지붕의 첨탑尖塔들, 그리고 늘 내려다보이는 어둠침침한 늪지의 모습이 자신의 존재 의식에 영향을 끼쳐왔다는 것이었다.

그는 상당히 망설이더니, 그를 괴롭히고 있는 이 기이한 침울 증세의 상당 부분은 보다 구체적이면서 훨씬 이해하기 쉬운 이유가 있다고 털어놓았다. 오랜 세월 동안 그의 유일한 말벗이었으며 이 세상에 단 하나밖에 없는 마지막 혈육인, 너무나도 자상한 누이동생이 오랫동안 지독한 병마에 시달려오다가 이젠 죽음을 목전에 두고 있기 때문이라는 것이었다.

그의 말에는 도저히 잊을 수 없는 비통함이 담겨 있었다.

"누이는 세상을 떠나겠지. 그러면 절망적이고 연약하기 짝이 없는 내가 홀로 남아 이 유서 깊은 어서 가의 문을 마지막으로 닫게 되는 거겠지."

그가 이야기를 하고 있는 사이에, 그의 여동생인 메들린이 방 저편의 문을 열고 들어서더니 이 쪽에 내가 있다는 것도 전혀 모른 채 다시 사라져 버렸다. 나는 그녀를 보는 순간 놀라움과 야릇한 두려움 같은 것을 느꼈는데, 아직도 그때의 기분을 제대로 설명할 수 없다. 뒤돌아 나가는 그녀의 발걸음을 물끄러미 바라

보자니 몸에서 기운이 쭉 빠지는 것을 느꼈다. 이윽고 그녀 뒤로 문이 닫히자, 나도 모르게 어서의 얼굴을 빤히 쳐다보았다. 그는 두 손에 얼굴을 묻은 채 창백한 기운이 싸늘하게 새어나오는 여윈 손가락 사이로 뜨거운 눈물을 뚝뚝 흘리고 있었다.

메들린의 병은 오랫동안 많은 의사들이 갖은 치료를 해 보았지만 아무런 소용이 없었다. 고질적인 무감각증, 점진적인 신체 쇠약, 짧은 동안이기는 하지만 빈번히 일어나는 전신 무력증, 의사들이 내린 그녀의 병세에 대한 진단은 이러했다. 여태까지는 자신의 병마를 꾹 잘 참으며 병석에 누우려고도 하지 않았던 그녀가, 내가 이 집에 도착하던 그날 저녁 무렵에는―어서의 말에 의하면 그녀는 밤이면 이루 말할 수 없는 고통에 시달리고 있다고 했다―병마의 무서운 힘을 이기지 못하고 그만 쓰러져 버렸다는 것이었다. 얼핏 스친 그녀의 모습이 아마도 마지막이 될 것 같은 느낌이 들었다. 적어도 살아 있는 그녀의 모습을 다시는 볼 수 없을 거라는 생각이 들었다.

그 후 며칠이 흐르도록 어서와 나는 그녀의 이름을 들먹이지 않았다. 그리고 이 기간 동안 나는 어서의 우울한 기분을 호전시켜 보려고 무척 애를 썼다. 우리는 함께 그림도 그리고 책도 읽었다. 또 그가 연주하는 즉흥적인 기타 소리에 마치 꿈을 꾸는 듯한 기분으로 빨려 들어가기도 했다. 이렇게 서로가 조금씩 더 진솔해지는 가운데 그가 아주 솔직하게 자신의 은밀한 정신 영역까지 드러내 보이면 보일수록, 나는 암울하고 음침한 빛을 발하고 있는 이 한 인간에게 밝음을 주고자 하는 노력이 얼마나 헛된 것인가를 더더욱 절실히 느끼게 되었다.

어셔 가의 주인과 단둘이 보낸 진지한 시간들이야 내 기억에 오래 남아 있겠지만, 그와 함께 했었던 그 일들이 정확히 어떤 의미를 갖는지에 대해서는 제대로 표현하지 못할 것 같다. 흥분된 극도의 병적인 상상력이 모든 것을 누렇게 덮고 있었다고나 할까.

그러나 즉흥적으로 연주해대던 그의 긴 만가輓歌 몇 곡은 아마 영원히 내 귓전을 울릴 것이다. 무엇보다도 폰 베버(Von Weber, 1786~1826 독일의 작곡가)의 마지막 왈츠를 난폭하게 연주하면서 드러낸 그만의 이상한 도착到錯증과 자기 과시의 모습은 아직도 내 마음속에 하나의 고통으로 남아 있다. 또한 지금도 눈앞에 생생한 그의 그림들은, 정교한 환상으로 모호한 형체를 그려내 나를 더욱 전율케 했을 뿐만 아니라 극도의 단순성과 노골적인 구성으로 보는 이들로 하여금 위압감을 느끼게 했다. 진정 자신의 이상을 그림으로 표현한 자가 있다면, 그는 다름 아닌 이 로데릭 어셔였다. 당시 나를 둘러싼 그 집의 환경 때문이었는지 모르지만, 적어도 나에게는 이 우울증 환자가 캔버스에다 뿌려 놓고자 애쓴 추상적 관념들이 푸셀리(Fusely, 1741~1825 스웨덴의 화가)의 정교한 환상미술을 감상할 때 조차도 전혀 느껴보지 못했던, 견딜 수 없는 두려움으로 다가왔다.

어서의 환상을 표현한 그림들 중에 그의 추상적 작품 정신이 철저하게 배재된 작품이 하나 있는데, 아주 미약하나마 그 이미지를 말로 그려낼 수 있을 것 같다. 그것은 한 장의 소품小品으로, 엄청나게 긴 직사각형 모양의 아치 같기도 하고 굴 같기도 한 내부를 그리고 있는데, 그 벽면은 나지막하며 아무것도 걸려 있는 것 없이 부드러운 느낌의 흰색으로 칠해져 있었다. 몇 군데에 효과를 가미해서 그 공간이 지면으로부터 상당히 아래쪽에 있다는 느낌을 주고 있었다. 그 넓은 내부 공간 어디에도 출구는 없고 햇불과 같은 인공적인 빛은 보이지 않았지만, 아주 강렬한 빛이 내부를 가득 덮은 채 흘러 다니고 있어 공간 전체가 음산하고 기괴한 빛에 녹아 있는 듯했다.

현악기 종류의 소리만 예외일 뿐, 그 외 모든 종류의 음악 소리를 견디지 못하는 청각적 신경과민이라는 어서의 병적인 증세에 대해서는 전에 이야기한 바 있다. 아마 이런 이유로 그가 오직 기타만을 연주하게 되었고 또 그렇게 환상적인 솜씨를 갖추게 된 것 같았다. 하지만 즉흥적으로 열정적인 연주를 해내는 그의 능력은 좀 더 다른 설명이 필요할 것 같다. 그런 그의 즉흥적인 연주 능력은, 곡조에서나 환상을 거칠게 토해내는 그의 가사— 그는 때때로 곡조와 더불어 운율적인 즉흥시를 함께 읊곤 했었다—에서나, 앞서 암시한 바와 같이 최고의 예술적 희열에 빠져 있는 특별한 순간에만 나타나는 그의 치열한 정신 통일과 그 집중의 결과였다.

이러한 그의 노래들 가운데 나도 쉽게 외우고 있는 곡이 하나 있다. 그가 그 노래를 들려 줄 때, 그 가사 속에 흐르는 숨은 의미를 읽으며 그의 고귀한 이성이 추락하고 있다는 것을 처음으로 그의 입장에서 완전히 공감할 수 있을 것 같았기 때문에 더욱 강렬하게 가슴에 와 닿았던 것 같다. 〈유령의 궁전〉이라는 이 노래의 가사가 정확한지는 모르겠지만 대략 다음과 같다.

1
푸른빛 짙은 골짜기에
천사들이 깃들여 살던
아름답고 웅장한 궁전
빛나는 궁전—우뚝 솟아 있도다.

'사상思想'의 제국帝國
그곳에 궁전은 솟아 있도다!
천사도 이처럼 아름다운 궁전에는
임해 본 적 없으리.

2
노란 깃발, 영광의 황금빛으로
지붕 위에 휘날렸도다.
(이는—모두—아주 먼 옛적)
솔솔 불어오던 싱그러운 바람,
그 아스라한 날의 향기여,
하얀 성벽의 깃털을 스치며
한 번의 날갯짓에 어디론가 사라졌노라.

3
행복의 골짜기를 누비는 방랑자들
눈부신 두 개의 창문 속으로
은은히 들리는 류트 소리를 따라
옥좌를 춤추며 돌고 도는
영혼들을 보네.

옥좌에는 남색 옷을 입은 천자天子!
그 위용과 영광 속에
이 땅의 지배자가 임하도다.

4
아름다운 궁전의 문
진주와 루비색으로 빛나고
그 문으로 흘러 흘러
더없이 찬란한
산울림의 무리들이 밀려오도다.
단 하나의 즐거운 임무
더없이 아름다운 목소리로
왕의 공덕을 찬양하도다.

5
악마들 슬픔의 옷을 입고
제왕의 옥좌를 부숴버렸도다.
(아, 슬프다. 다시는 그를 보지 못하리!)
궁전을 휘감아 돌던
붉게 피어오르던 영광도

이제는 묻혀버린
한 줄기 어렴풋한 옛 이야기.

6
골짜기를 지나는 여행자의 무리
이제는 다만
붉게 물든 창으로부터
어지럽게 터져 나오는 선율을 따라
흔들리는 광란의 커다란 그림자를 볼 뿐.
무섭게 내달리는 급류急流와 같이
창백한 문을 지나
무서운 무리들이 끝도 없이 터져 나와
큰 소리로 웃어대는구나.
미소는 그 어디에도 찾아볼 수 없어라.

　지금도 그때의 기억이 생생한데, 이 노래가 풍기는 암시는 나
로 하여금 많은 생각을 하게 하였고, 그 생각을 통해 어서가 말하
고자 하는 바를 분명하게 이해하게 되었는데, 그의 견해가 신기
해서가 아니라 견해를 피력하는 지나치게 고집스러운 그의 태도
때문에 언급하는 것이다.

대체적으로 말해 이런 그의 견해는 모든 식물들도 감성을 가지고 있다는 것이었다. 그의 두서없는 환상 속에 이런 생각은 더욱 담대하게 확장되면서, 어떤 조건하에서는 무기체無機體들조차도 이런 감성을 가진다는 것이었다. 이런 그의 신념과 무모함을 모두 표현할 수는 없으나, 그 신념은—앞에서 잠시 암시를 했었지만—선조 때부터 대대로 내려온 이 집의 회색 돌벽과 어떤 관련이 있는 것 같았다. 그의 상상력에 따르면, 벽을 이루는 돌들의 배열 모습에서 이러한 감성이 깃들어 있음을 볼 수 있다고 했다. 벽돌들이 가지런히 나열되어 있는 모습과 그 위를 뒤덮고 있는 무수한 곰팡이들이 배열된 모습, 그 주위에 서 있는 썩은 나무들의 배열 순서, 그리고 무엇보다도 이런 배열이 오랜 세월 동안 변하지 않고 그대로 있으며, 고요한 늪지의 물 위에 반사되어 나타나는 그 자태에서 이런 감성을 엿볼 수 있다는 것이었다. 그의 말을 그대로 옮기자면, 늪지 주위와 벽 주위의 대기들이 아주 서서히, 하지만 분명히 응결凝結되고 있다는 사실이 바로 이러한 감성이 존재하는 증거라고 했다. 그는 덧붙이기를, 수세기 동안 소리 없이 가문의 운명을 좌지우지해 온, 그리고 그를 그런 몰골로 만들어 버린, 어떤 끈질기고 끔찍한 힘이 있다는 것만 보아도 이런 감성이 있음을 알 수 있다는 것이었다. 그의 이런 견해들은 설명을 필요로 하지 않으므로, 더 이상은 설명하지 않겠다.

우리가 함께 읽었던 책들, 수년 동안 이 병자의 정신 상태에 적잖은 영향을 끼쳤던 그 책들 역시 이러한 환상적 특성을 그대로 담고 있었다. 우리는 그레세(Louis Gresset, 1709~1777 프랑스의 시인)의 『베르베르와 샤르트뢰즈』, 마키아벨리(Machia Velli, 1469~1527 이탈리아의 정치가, 저술가)의 『벨페고르』, 스베덴보그(Swedenbog, 1688~1773 스웨덴의 철학자, 신학자, 작가)의 『천국과 지옥』, 홀베르그(Holberg, 1684~1754 덴마크의 극작가)의 『니콜라스 클림의 지하여행』, 드 라 샹브르(De la chanbre, 1594~1675 프랑스의 의사)의 『수상학手相學』, 티크(Tieck, 1773~1853 독일의 소설가)의 『창공의 여행』, 캄파넬라(Campanella, 1568~1639 이탈리아의 신부, 철학자)의 『태양의 도시』 등과 같은 작품들을 함께 탐독했다. 도미니크 파의 신부인 에이메릭 드 기론(Eymeric de Gironne, 14세기 스페인의 종교재판관)의 『종교재판법』이라는 조그만 옥타보 판의 소책자도 애독서 중의 하나였다. 그리고 폼페니우스 멜라(Pompenius Mela, 1세기 로마의 지리학자)의 저작 중에 고대 아프리카의 사티로스(그리스 신화에 나오는 괴인. 디오니소스의 종자로 상반신은 사람이고 하반신은 양의 다리를 가졌음)와 에지판(Egipan, 그리스어로 산양의 뜻인데, 빵을 주는 신)에 관한 글들이 있었는데, 어서는 몇 시간을 꿈을 꾸듯 이 글을 탐독했다. 그러나 잊혀진 한 교파를 소개한 고딕체로 쓰여진 희귀본인 사절판四折版의 『메인스 교회 성가대의 철야徹夜』를 그는 가장 즐겨 탐독했다.

그러던 어느 날 저녁, 불쑥 메들린이 죽었다고 하면서 그녀의 시신을 2주일 정도—땅 속에 최후로 매장할 때까지—저택의 중앙 통로 아래에 있는 지하실에 가장假葬할 것이라고 했을 때, 나는 그가 읽은 책 속의 광포한 의식이 그에게 영향을 끼친 것이 분명하다는 생각을 지울 수가 없었다. 하지만 이런 독특한 장례 절차는 나름대로 이유가 있었기 때문에 내가 뭐라고 이의를 제기할 수는 없는 문제였다. 죽은 메들린의 특이한 병력에 대해 의사들이 좀 더 연구해 보겠다고 끈질기게 요구를 하는데다 가족묘가 상당히 먼 곳이며 훼손되어 있는 점 등을 고려하여 그런 결정을 내리게 되었다고 했다. 내가 그 집에 도착하던 날, 계단에서 마주친 그녀의 불길한 용모가 떠오르면서 그렇게 하는 것도 전혀 이상할 것은 없으며 별로 해가 될 것 같지도 않다는 생각에 반대할 마음은 전혀 없었다는 것을 부인하지는 않겠다.

어서의 요청에 따라, 나는 가매장을 치르는 그를 직접 도왔다. 시신을 관에 넣은 후 둘이서만 가매장할 곳으로 운반했다. 관을

내려놓은 곳은 좁은 공간에 습기가 가득 했고 빛이라고는 조금
도 들어오지 않는 곳으로, 너무 오랫동안 폐쇄되어 있었던 탓에
퀴퀴한 공기로 인해 횃불조차 제대로 타지 못하고 가물거려 내
부가 어떻게 생겼는지 눈에 잘 들어오지 않았다. 그곳은 내가 잠
자는 방의 바로 아래에 위치해 있었다. 그 공간의 바닥과 그곳에
이르는 긴 아치형의 안쪽 벽 모두가 빈틈없이 동판을 대어 놓은
것으로 보아, 중세시대에는 악의적인 목적의 지하감옥으로, 그
이후에는 화약을 저장하거나 불붙기 쉬운 물질들을 보관하는 창
고로 사용했을 것이 틀림없어 보였다. 육중한 철문에도 동판 같
은 것을 덧대 놓았다. 육중한 무게의 철문이 돌쩌귀 위를 움직일
때마다 귀를 째는 삐걱거리는 소리가 내부를 울렸다.

　우리 둘은 힘겨운 신음을 토해내며 이 무시무시한 공간의 가
대架臺에 관을 올려놓고는 아직 못을 박지 않은 관 뚜껑을 살짝
열어 시신의 얼굴을 들여다보았다. 나는 어서와 메들린이 놀랄
정도로 닮았다는 사실을 그때서야 알았다. 그러자 어서가 그런
내 마음을 알기라도 한 듯 자신과 죽은 메들린은 쌍둥이며 둘 사
이에는 설명하기 어려운 공감이 늘 존재했었다는 사실을 나직이
중얼거렸다. 우리는 죽은 그녀의 모습을 오래도록 쳐다볼 수는
없었다. 그녀의 모습이 무서워졌기 때문이었다. 한창 젊음이 꽃

58

피는 여성의 목숨을 앗아가 버린 전신무력증은 그녀의 가슴과 얼굴에 희미한 붉은 반점을 남겼지만, 그녀의 입술에는 여린 미소가 감돌고 있었다. 하지만 창백한 죽은 얼굴의 미소는 더욱 공포감을 느끼게 했다. 우리는 관 뚜껑을 닫아 못질을 하고 철문을 단단히 닫은 후 가쁜 숨을 몰아 쉬며 지하실과 별반 다르지 않은 음침한 분위기의 위층 방으로 올라왔다.

혹독한 슬픔으로 지샌 며칠이 지나자, 어셔의 정신질환 증세는 눈에 띄게 달라지고 있었다. 그는 평상시에 주로 하던 일들도 등한시하거나 잊어버렸으며 바쁜 듯이 허둥대며 불안한 발걸음으로 방들을 들락거렸다. 창백한 그의 얼굴은 갈수록 더 무서운 모습을 띠었고 눈빛은 완전히 풀려 있었다. 가끔 내뱉던 저음의 거친 목소리도 더는 들을 수 없었으며, 극도의 공포를 느끼는 듯 말을 할 때마다 몸을 부들부들 떨었다. 끝없이 불안해하는 모습에서 그가 어떤 내밀內密한 고통과 싸우고 있으며, 가끔은 그것을 털어놓기 위해 애를 쓰고 있다는 생각이 들 때도 있었다. 하지만 때로는 그의 모든 행위를 도저히 설명이 안 되는 기이한 정신 이상 증세라고 치부해 버리는 수밖에 없었는데, 그는 종종 환청幻聽에 빠져 몇 시간을 허공만 뚫어지게 쳐다보았기 때문이다. 그의 끔찍한 상태는 나에게까지 영향을 미칠 것만 같았다. 느리지만 분명히 조금씩, 어셔의 환상적이며 강렬한 미신이 나에게 영향을 끼쳐 오고 있다는 느낌을 받았다.

내가 그와 같은 느낌을 강하게 받은 것은 메들린을 지하실에 가매장하고 난 뒤 7, 8일쯤 되는 날, 밤늦게 잠자리에 들었을 때였다. 나는 도저히 잠을 이루지 못하고 있었다. 시간은 속절없이 자꾸만 흘러갔다. 나는 내 머리를 꽉 채운 신경과민을 떨쳐버리려 애를 쓰고 있었다. 이러한 신경과민의 상당 부분은 방안의 음침한 가구들이 내뿜는 이상한 기운과 그 분위기—밖에서 세찬 바람이 불 때면 어디에선가 새어 들어온 외풍을 따라 벽에서 제멋대로 흔들리며 침대 머리맡에서 기분 나쁘게 바스락거리는 검정색의 벽모전이 방의 분위기를 더욱 음침하게 했다—때문일 것이라고 애써 믿어 보려고 노력했다. 하지만 그런 노력은 소용이 없었다. 견딜 수 없는 전율이 온몸을 휘감으며 마침내는 까닭 모를 공포의 악마가 심장을 눌러댔다. 숨을 헐떡거리고 몸부림치면서 공포를 겨우 떨쳐 버리고 나면, 다시 칠흑같이 어두운 방안을 뚫어져라 쳐다보며 폭풍이 멎을 때마다 어딘가에서 나지막하게 들려오는 이상한 소리에 귀를 기울였는데, 이것은 나도 모르게 본능적으로 그렇게 될 뿐 그 이유는 알 수 없었다. 말로는 형언할 수 없이 무시무시한 공포감에 사로잡혀 그 밤은 잠을 이룰 수 없으리라는 느낌에 결국 자리에서 일어나 옷을 걸치고는 이 처참한 상태로부터 벗어나 보려고 빠른 걸음으로 온 방안을 왔다갔다했다.

그렇게 방안을 몇 번 서성이고 있을 때, 계단을 올라오는 가벼운 발걸음 소리에 신경이 곤두섰지만 이내 어서일 거라는 생각이 들었다. 그러자 곧 그가 가볍게 방문을 두드리며 등을 들고 방안으로 들어섰다. 그의 얼굴은 여전히 시체처럼 창백했지만, 두 눈은 기쁨에 들뜬 미치광이처럼 빛났고 히스테리로 폭발하기 일보 직전인 사람 같아 보였다. 그의 그런 분위기가 섬뜩하기도 했으나 밤새도록 혼자서 견뎌야 했던 적막감보다야 아무래도 나을 것 같다는 마음에, 그의 등장이 오히려 반가운 구원자를 만난 듯했다.

"자네 아직 그걸 보지 못했나?"

말없이 이리저리 주위를 뚫어지게 쳐다보던 그가 불쑥 물었다.

"응, 아직 못 보았군 그래. 그럼 가만히 있어 봐. 보여 줄 테니까."

이렇게 말하고 난 뒤 조심스레 등을 가려 놓고 급히 창 쪽으로 간 어서가 창문 하나를 세차게 열어젖히자, 거센 바람이 방안으로 확 들이닥쳤다.

갑자기 들이닥친 세찬 바람에 우리 둘의 몸은 거의 날아갈 뻔했다. 미친 듯한 바람이 하늘을 울려대고 있긴 했지만 숨이 멎을 정도로 아름다운 밤이었다. 그랬다. 공포와 아름다움이 제멋대로 뒤섞인 묘한 밤이었다. 회오리바람의 근원지는 분명 이 저택 부근인 것 같았는데, 그곳에서 바람의 방향이 시시각각 맹렬한 기세로 변했으며, 지붕의 첨탑들을 집어삼킬 듯이 낮게 깔린 시커먼 먹구름도 거의 제자리에서 서로 뒤엉키고 부딪히는 모습을 볼 수 있었다. 먹구름이 낮고 어둡게 깔려 있었어도 이런 광경을 볼 수 있었다고 말했지만, 달이나 별은 전혀 볼 수 없었고, 또 번개의 섬광이 있었던 것도 전혀 아니었다. 그러나 우리를 감싸고 있는 지상의 모든 물체들은 물론, 요동을 쳐대는 엄청난 양의 수증기 아래 부분에는 저택을 완전히 뒤덮고 있는 증기蒸汽에서 나오는 이상한 빛으로 가득했다.

"안 돼. 자넨 이런 것을 보면 안 된단 말이야!"

나는 몸서리치며 어셔를 창문에서 잡아끌어 자리에 앉히면서 말했다.

"자네는 놀라워하겠지만, 이런 광경은 그저 전기현상電氣現象에 불과할 뿐 특별한 것은 아니야. 아니면 늪지에서 지독한 독기가 발산되는 것인지도 모르지. 자, 창문을 닫으세. 공기가 차서 자네 몸에 해로워. 여기 자네가 좋아하는 소설이 한 권 있네. 내가 읽어 줄 테니 잘 들어보게. 이렇게 함께 소설을 읽다 보면 이 끔찍한 밤도 금세 지나갈 것 같네."

내가 손에 골라 든 한 권의 고서古書는 란슬로트 캐닝 경卿의 『어지러운 회합』(작가와 작품은 포우 자신이 만든 가공의 것임) 이었다. 그 책을 어서의 애독서라고 한 것은 진심으로 한 말이기 보다는 씁쓸한 농담쯤으로 생각하는 것이 맞을 것이다. 사실, 어설픈 상상력으로 투박하게 기술記述해 놓은 무미건조한 내용들이 고상하고 영적인 이상을 추구하는 어서의 흥미를 끌기에는 만무했기 때문이었다. 하지만 곁에 보이는 책은 그것뿐이었고, 말도 안 되는 이야기이기는 하지만 내가 읽어주면 혹 이 우울증 환자의 흥분을 좀 가라앉히지나 않을까 하는 막연한 기대감을 가진 것이었는데, 왜냐하면 정신병 환자들을 보면 이상하게도 이처럼 색다른 것에 마음이 진정되는 경우도 허다하기 때문이었다. 내가 읽는 이야기에 그가 바짝 긴장한 채 생기 띤 표정으로 귀를 기울이는 것으로 보아, 내 의도가 어느 정도는 성공한 것 같았다.

　드디어 이 소설의 주인공인 에델레드가 은자隱者의 집에 들어가기 위해 그를 찾아가 공손히 청하였으나 거절당하고, 마침내는 폭력으로 침입하려는 그 유명한 장면에 이르렀다. 기억을 더듬어 보면 그 장면의 묘사는 다음과 같다.

　"그러자 천성이 용맹한데다가 퍼마신 술기운에 더욱 힘이 솟아난 에델레드는 아무리 사정해도 재밌다는 표정으로 끝끝내 퇴박만 놓는 이 은자와는 더 이상 타협의 여지가 없다고 생각했다. 게다가 빗방울이 후두둑 떨어지며 비바람이 몰아칠 것 같은 불길한 느낌마저 들자, 그는 철퇴를 번쩍 들어 문을 몇 번 후려갈겼다. 그러자 순식간에 수갑 찬 손이 쑥 들어갈 만큼 큰 구멍이 생겨 그 구멍에 손을 집어넣고 닥치는 대로 잡아채며 꺾고 분지르니, 바싹 마른 판자 으스러지는 소리가 사방에 진동을 하며 숲 전체에 온통 울려퍼졌다."

여기까지 읽다가 나는 흠칫 놀라 읽는 것을 잠시 멈추었다. 지나치게 흥분된 나의 상상에 스스로 현혹된 면도 있었겠지만, 저택 어디에선가 란슬로트 경이 그렇게도 자세히 묘사한 찢어발기는 듯한 소리와 아주 흡사한 음산한 울림이 희미하게 귓전을 맴돌았기 때문이었다. 그러나 그것은 나의 상상과 맞아떨어진 착각임이 분명했다. 왜냐하면 덜거덕거리는 창문 소리와 계속해서 사나워지는 폭풍이 한번씩 뒤섞이는 요란한 소리 외에는, 특별히 신경이 쓰이거나 불안을 느끼게 하는 것이 전혀 없었기 때문이었다. 나는 계속해서 책을 읽어 나갔다.

"이제 용맹한 전사 에델레드가 집 안으로 들어갔으나, 은자는 자취를 감추어 버리고 없었다. 그는 화가 솟구치면서도 한편으론 깜짝 놀랐다. 은자가 있어야 할 그 자리에 번쩍거리는 비늘을 가진 어마어마하게 큰 용 한 마리가 시뻘건 혀를 내민 채 웅크리고 앉아 황금으로 만들어진 궁전 앞을 지키고 있었기 때문이었다. 벽에는 찬란한 놋쇠 방패가 걸려 있고, 거기에는 이런 글이 새겨져 있었다.

여기 들어온 자, 정복자일지어다.
용을 죽이는 자, 이 방패를 얻을지어다.

그러자 에델레드가 철퇴를 높이 들어 용의 머리를 내려치니 용은 그 앞에 쓰러져 독기를 내뿜으며 귀가 터져 나갈 정도로 무시무시한 비명을 토해냈는데, 용사 에델레드도 그 흉포한 소리에 그만 귀를 감싸버리고 말았다. 참으로 지금껏 들어볼 수 없었던 흉악하고 난폭한 소리였다."

여기서 돌연 두려움이 확 밀려와 나는 잠시 멈칫했다. 그 순간, 정확히 어떤 방향에서 들려왔는지는 알 수 없으나 아주 멀리서

나지막하면서도 날카롭게 들려오는 비명인 듯 하면서도 킬킬거리는 듯한 기이한 소리가 길게 이어지고 있었는데, 그것은 이 소설의 작가가 묘사한 용의 기괴한 비명 소리가 틀림없이 이랬을 것이라는 생각이 들게끔 했다.

이 두 번째 소리의 아주 우연한 일치에 나는 가슴이 섬뜩했는데, 온갖 생각들이 혼란스럽게 뒤섞이며 놀라움과 극단적인 공포가 엄습해 왔다. 하지만 나는 신경과민인 어셔가 조금이라도 눈치채 흥분하면 안 된다는 생각에 여전히 마음의 평정을 유지하는 척했다. 어셔도 그 이상한 소리를 들었는지 분명히 알 수는 없었다.

아무튼 그 몇 분 동안 어셔의 태도에는 무언가 분명한 변화가 있었다. 나와 마주 앉아 있던 그는 점점 의자를 돌려 방문 쪽을 향해 앉았다. 그래서 그의 얼굴을 겨우 옆으로 조금 볼 수 있었는데, 그는 무언가를 중얼거리는 듯이 입술을 우물거리고 있었다. 고개를 가슴 아래로 척 꺾어 내렸지만 그의 옆모습을 흘깃 보았을 때 두 눈을 크게 뜨고 있는 것으로 보아 잠을 자는 것 같지는 않았다. 그가 몸을 움직이고 있는 것만 보아도 역시 자고 있다고는 생각할 수 없었다. 그는 아주 천천히 그러면서도 계속해서 규칙적으로 몸을 좌우로 흔들어대고 있었다. 그의 상태를 재빨리 훑어본 다음, 나는 다시 렌슬로트 경의 이야기를 읽기 시작했다.

　"이제 무시무시한 용의 비명 소리가 그치자 용사 에델레드는 자신이 놋쇠 방패의 주인이라는 것과 그것에 걸려 있던 마법이 풀렸다는 것을 깨닫고는, 용의 시체를 한쪽으로 치워버리고 성의 은銀마루를 용감하게 내달려 방패가 걸려 있는 벽 쪽으로 갔다. 그런데 참으로 신기하게 그가 다다르기도 전에 방패는 아주 묵직하면서도 섬뜩한 굉음을 내며 그의 발 바로 앞의 마룻바닥에 떨어졌다."

　이 구절이 내 입에서 흘러나오는 바로 그 순간, 마치 바로 지금 놋쇠 방패가 은으로 만든 마룻바닥에 굉음을 내며 떨어지는 것과 같은, 분명히 금속이 충돌하는 듯한 둔탁한 소리의 여운이 방안 전체를 울리듯 들려왔다. 머리칼이 쭈뼛 서며 나는 자리에서 벌떡 일어섰다. 그러나 어서는 여전히 앉은 채로 몸을 흔들어 대고 있었다. 나는 그가 앉아 있는 의자로 몸을 들이밀었는데, 그의 두 눈은 아래를 향한 채 움직이지 않았고 얼굴은 돌덩이같이 굳어져 있었다. 내가 그의 어깨에 손을 얹었을 때 그는 전신을 부들부들 떨며 병색이 완연한 입술에 창백한 미소를 머금었다.

그는 내가 옆에 있다는 것을 모르는 듯 낮고 빠르게 알아들을 수 없는 말로 중얼거렸다. 허리를 구부려 그에게 바짝 귀를 갖다대고 나서야 그의 말이 조금씩 들리기 시작했다.

"저 소리가 안 들려? 그래, 나는 들리는데. 지금껏 쭉 들렸는데. 몇 분을, 아니 몇 시간을, 그리고 몇 날을 계속해서 저 소리가 들렸는데. 아주 오래오래 말이야. 하지만 난 감히 말할 수 없었어. 난 불쌍한 녀석이지. 나라는 녀석은 참으로 비참한 놈이야. 안 돼, 정말 말할 수 없었단 말이야! 우리는 누이동생을 산 채로 매장해 버렸단 말이야! 내가 예민한 놈이라는 거 알지? 잘 들어, 텅 빈 관에서 누이동생이 처음으로 움직이는 소리가 희미하게 들렸단 말이야. 아주, 아주 오래 되었어. 그런데도, 그런데도 난 말을 할 수 없었단 말이야! 그런데 지금, 오늘 밤에야, 에델레드, 헉! 헉! 은자의 집 문을 부수고, 용을 죽이고, 방패가 굉음을 내며 떨어지는 소리들! 이 소리들은 누이동생이 관 뚜껑을 뜯는 소리, 지하실 철문의 돌쩌귀가 삐거덕거리는 소리, 그 애가 지하실의 동판 통로를 정신없이 헤매며 뛰쳐나오는 소리겠지! 난 어디로 도망쳐야 하는 거지? 그 애가 곧장 나에게로 달려오는 것은 아니라고? 내 성급한 행동을 힐책하러 달려오고 있는 것이 아니라고? 계단을 올라오는 동생의 발소리가 안 들린다고?

무섭도록 느리게 뛰는 그 애의 심장박동 소리를 내가 모른단 말이야? 이 미친놈아!'

여기서 그는 사색이 된 모습으로 벌떡 일어서더니 있는 힘을 다해 그의 온 영혼을 토해버리려는 듯 소리를 질렀다.

"야, 이 미친놈아! 동생이 바로 문 밖에 서 있잖아!'

그가 초인적인 힘으로 내뱉은 말에 마치 마법과도 같은 힘이 있었는지, 말이 떨어지는 순간 그가 가리킨 낡고 거대한 벽면이 육중한 흑단의 한 모퉁이를 천천히 뒤로 열어젖혔다. 그건 때마침 안으로 들이친 세찬 바람 때문이었겠지만, 어쨌든 문이 열리자 시의屍衣를 몸에 감은 키가 크고 호리호리한 메들린이 정말로 거기에 서 있었다. 하얀 옷에는 점점이 피가 묻어 있고, 여윈 몸 구석구석에는 지하실을 빠져 나오면서 겪었을 극심한 고통의 자취가 역력했다.

그녀는 잠시 문지방 위에서 몸을 떨며 이리저리 비틀거리더니, 낮은 신음을 토해내며 방안에 있는 오빠를 덮치며 쓰러졌다. 이렇게 메들린은 죽음의 마지막 절정의 순간에 오빠와 함께 마룻바닥에 쓰러져 세상을 떠난 것이다. 어서 또한 스스로 예기했던 공포에 희생되어 버린 것이다.

나는 기겁을 하며 방을 뛰쳐나와 어서 가를 도망쳐 나왔다. 내

가 오래된 둑길을 건너고 있을 때에도, 폭풍은 점점 더 거세어지면서 사방을 휩쓸고 있었다. 갑자기 길을 따라 불빛 하나가 불쑥 눈에 들어왔다. 어디서 이런 이상한 불빛이 나오는지 뒤를 돌아보았는데, 사실 내 뒤에는 커다란 저택 한 채와 어둡고 음산한 그 주변 외에는 아무것도 없었다. 단지 지고 있는 붉게 물든 만월滿月이 빛을 발하고 있었다.

전에 내가 이야기한 지붕에서 벽을 타고 내려와 늪지의 수면 밑으로 사라진 보일 듯 말 듯한 벽의 갈라진 틈 사이로 달빛이 비치고 있었다. 우두커니 바라보고 있으려니까, 갈라진 틈은 점점 커지고 있었고 회오리바람이 한 번 세차게 불더니, 둥근 모양의 달이 불쑥 눈에 들어왔다. 그 탄탄하던 벽이 갑자기 조각조각 무너져 내리는 모습을 보면서 나는 눈앞이 아득해졌다. 수많은 파도가 부딪히며 외쳐대는 고함 소리 같은 것이 길게 들려오더니만, 내 발 아래의 깊고 어둠침침한 늪지가 '어서 가' 의 무너져 내리는 파편들을 음흉한 모습으로 소리 없이 집어삼키고 있었다.

적사병의 가면

The Masque of the Red Death

가면

'적사병赤死病' 이 오랫동안 그 나라를 온통 휩쓸고 있었다. 그렇게 무시무시하며 치명적인 역병은 여태껏 없었다. '붉은 피' — 그 시뻘건 공포의 피—가 역병의 화신이자 증표였다. 이 병에 걸린 사람들은 온몸에 갑작스런 고통이 덮치면서 정신이 혼미해지고 입과 코 등 온몸의 구멍으로 피를 펑펑 쏟다가 결국엔 숨이 끊어지고 말았다. 환자의 몸, 특히 얼굴에 붉은 반점이 돋아나면, 이것이 곧 병의 징후로 그때부터는 그 누구도 도움이나 간호를 외면해 버렸다. 더구나 병의 발작과 진행 그리고 죽음에 이르는 과정은 단 30분 안에 끝나버렸다.

그래도 프로스페로 공公은 쾌활하고 용기를 잃지 않았으며 기민했다. 그의 영토 안의 인구가 절반이나 줄었을 때, 공은 그의 영지領地 안에 있는 기사와 귀부인 중에서 건강하고 쾌활한 신하들 천여 명을 불러들여 그들과 함께 성곽같이 지어진 한 사원으로 깊이 피신해 버렸다. 이 사원은 굉장히 넓고 높게 세워졌는데, 공 자신의 괴팍하면서도 웅장한 것을 즐기는 취향에 따라 지어진 것이었다. 그곳은 높고 튼튼한 담벽으로 둘러싸여 있었고, 철문으로 단단히 닫혀 있었다.

신하들은 그들이 사원 안으로 들어오고 난 뒤에 용광로와 쇠를 두드리는 거대한 망치를 가져다 문의 빗장을 아예 녹여 붙여 버렸다. 그들은 그 안에서 어떤 절망적인 일이나 광란이 벌어진다 하더라도 일체의 출입을 막아버리기로 결심했던 것이다. 사원 안에는 모든 것이 충분히 준비되어 있어 신하들은 역병이 두렵지 않았다. 바깥 세상은 저들이 알아서 할 일이다. 그 와중에 바깥 세상을 염려하고 동정한다는 것은 어리석은 일이었다. 사원 안에는 광대도 있었고, 즉흥시인도 있었고, 발레 무용수도 있었으며, 음악가도 있었다. 그리고 아름다운 여자들과 술도 준비되어 있었다. 무엇보다도 사원 안은 안전했다. 그러나 바깥 세상은 말 그대로 '적사병'의 세상이었다.

사원 안으로 피난을 온 지도 벌써 대여섯 달이 지나가고 있었다. 바깥 세상은 여전히 적사병이 그 맹렬한 위세를 더하면서 전 영토로 퍼져가고 있었지만, 프로스페로 공은 천 명의 신하들을 초대하여 보기 드문 성대한 가면무도회를 열었다.

그 가면무도회는 호화방탕豪華放蕩이 극에 달한 연회였다. 먼저 무도회가 열리는 방부터 이야기를 해야겠다. 일곱 개나 되는 방은 궁전이 무색할 정도로 화려하게 장식되어 있었다. 그런데 대부분의 궁전에서는 그런 방들이, 미닫이문을 양쪽 벽으로 활짝 열어 젖히면 한쪽 끝에서 맞은편 끝까지 전체가 훤하게 다 보이도록 일직선으로 길게 연결되어 있는 것이 보통이었다.

그러나 기이한 것을 무척이나 즐기는 공公의 취향으로 보아 충분히 짐작할 수 있는 것이었지만, 이 방들의 구조는 전혀 딴판이었다. 방들의 구조가 아주 불규칙하게 이루어져 있었기 때문에 한 번에 겨우 방 하나가 보일 정도였다. 통로는 2~30야드마다 아주 심하게 구부러져 있었고, 그 구부러지는 곳마다 독특한 구조를 하고 있었다. 그곳의 좌우편의 벽 중앙에는 각각 좁고 긴 고딕양식의 창문이 나 있었는데, 각 방을 연결하는 밀폐된 복도를 따라 구불구불 이어져 있었다. 창은 색유리로 되어 있었고 창문을 열었을 때 보이는 방의 장식의 색조에 따라 변화했다. 예를 들면 동쪽 끝의 방은 푸른색으로 장식되어 있었는데, 그곳의 창문들도 맑은 푸른색이었다.

두 번째 방은 장식과 벽모전 모두 자주색이었는데 그 창도 역시 자주색을 띠었다. 세 번째 방은 모두가 초록색이었으므로 창도 똑같은 초록색이었다. 네 번째 방은 장식과 등불 빛이 모두 오렌지색이었고 창도 오렌지색이었다. 다섯 번째 방은 흰색, 여섯 번째 방은 보라색이었다.

일곱 번째 방은 거의 천장에서부터 온 벽에 이르기까지 검은 벨벳색의 벽모전이 휘둘러져 있었으며 똑같은 재질과 색조를 내는 바닥의 융단 위로 흘러 내려와 그 끝이 두껍게 접힌 채로 있었다.

하지만 이 방만은 방의 색조와 창문의 색채가 같지 않았다. 이곳의 창문은 짙은 주홍색으로, 진한 핏빛을 연상시키기도 했다.

일곱 개의 방은 모두 이곳저곳 찬란한 황금색으로 장식되어 있었고 천장으로부터도 황금색 장식들이 많이 매달려 있었지만, 등이나 촛대 같은 것은 하나도 없었다. 어느 방에서도 등불이나 촛불 같은 것이 비쳐 나오지는 않았다. 다만 각 방 옆에 있는 복도에는 각 창문 맞은편마다 커다란 삼각대 위에 등잔이 놓여 있어서 거기서 나오는 빛이 어지럽게 흔들리며 색유리 창을 통해 방안을 비춰주고 있었다. 그 빛 때문에 방안에서는 기이하면서도 황홀한 그림자가 무수히 건들거렸다.

그러나 서쪽 끝에 있는, 즉 검은색의 방에는 핏빛 유리창을 통해 들어온 등잔 빛이 까만 벽모전 위를 비추면서 자아내는 분위기가 기괴하면서도 너무도 으스스했으며 그 방에 들어온 사람들의 모습이 아주 흉측하게 보였기 때문에, 감히 이 방으로 들어설 만큼 대담한 사람은 극히 드물었다.

이 방의 서쪽 벽에는 검은색의 커다란 괘종시계가 걸려 있었다. 시계추는 둔하면서도 육중한 소리를 단조롭게 울려대고 있었다. 그리고 분침이 한바퀴를 돌아 시간을 알리는 종을 울릴 때면, 구리로 만든 괘종에서 힘차면서도 깊은 소리가 멋진 음악처럼 맑게 울려나왔다. 그 음색이 아주 특이하면서도 우렁찼기 때문에 오케스트라 연주자들도 순간적으로 연주를 멈추고 그 소리에 귀를 기울이는 일이 벌어지면, 흥겹게 왈츠를 추던 사람들도 갑자기 춤을 멈추었고, 흥에 겨워 즐거워하던 모든 사람들이 일시에 어리둥절하는 것이었다. 시계의 괘종 소리가 울리고 있는 동안은 그렇게도 신나게 춤을 추며 돌아가던 사람들의 얼굴이 겁에 질린 채 하얗게 변하고, 나이가 지긋하거나 그래도 좀 침착한 사람들조차도 어지러운 환상이나 명상에 빠진 듯한 모습으로 손을 이마에 갖다댔다. 그러나 괘종 소리가 완전히 사라져 버리고 나면 곧바로 가벼운 웃음소리가 방안을 가득 채우고, 음악을 연주하던 사람들은 자신들의 신경과민이 다소 어리석었다는 듯이 웃음 섞인 표정으로 서로를 겸연쩍게 쳐다보며 다음 번에 이 괘종 소리가 울릴 때는 이처럼 놀라지 않을 것이라고 서로들 수군덕댔다. 하지만 60분이 지나고—그 동안에는 3천 6백 초라는 시간이 흐른다—다시 괘종 소리가 들려 오면 사람들은 불안과 동요, 그리고 환상에 빠져 전과 똑같은 모습으로 되돌아가곤 하는 것이었다.

그러나 이러한 불안과 동요가 매 시간마다 반복되었음에도 불구하고 무도회는 아주 흥겹고 성대한 연회였다. 공公의 취향은 참으로 독특했다. 그는 색채와 그 효과에 대해서는 일가견이 있어 일시적으로 유행하는 색채 장식 같은 것에는 눈길도 주지 않았다. 그의 구상은 대담하고 열정적이었으며, 그 표현은 화려하면서도 야만적 본능이 이글거리고 있었다. 그런 그를 미치광이라고 생각하는 사람들도 있었지만, 그의 가까운 신하들은 그렇게 생각하지 않았다. 그를 친히 대면하여 직접 이야기해 보지 않고 그의 참모습을 알기는 어려웠던 것이다.

이 성대한 잔치에 있어서 일곱 개의 방에 설치된 움직이는 장식들도 대부분 공이 직접 지시한 것이며, 각 가면假面의 종류와 색상, 그리고 디자인 등 그 역할을 선정한 것도 역시 공의 취향에 따른 것이었다. 분명 그 모두가 괴이하다고 말할 수밖에는 없었다. 모두가 휘황찬란한 불꽃, 번쩍거림, 짜릿한 도취, 황홀한 환상─『에르나니(빅토르 위고의 비극)』에서 자주 보이는─들로 가득했다. 팔 다리가 어울리지 않는 아라비아 풍의 의상에 기이한 장식을 단 모습도 있었고, 마치 기뻐 날뛰다가 미쳐 버린 사람처럼 요상한 모습도 있었다. 화려하고 음탕하며 기괴한 것들로 가득 차 있었지만, 공포감을 자아내기도 했고 때로는 혐오감을 불러일으키는 것들도 적지 않았다.

사실, 일곱 개의 방에서는 수많은 환영幻影의 무리들이 이리저리 활보를 했는데, 이 몽마夢魔와도 같은 무리들은 각 방의 색조와 어우러져 몸부림을 치며 돌아다녔고, 광포하게 연주되는 오케스트라의 음악은 마치 그들의 발자국 소리가 울려 퍼지는 듯한 착각을 불러 일으켰다. 그러다 문득 검은 방의 벽에 걸려 있는 괘종시계가 덩그렁 울려 퍼지면 순간적으로 모든 것이 얼어붙은 듯 정적에 휩싸이며 오직 괘종 소리만 연회장을 뒤덮어 올 뿐이었다. 환영의 무리들도 마치 얼어붙은 듯 선 채로 꼼짝 않고 있었다.

그러다 괘종 소리가 그치면—사실 아주 잠깐 동안에 끝나는 것이지만—, 그 여운이 채 가시기도 전에 아직 약간의 두려움이 배어 있는 듯한 가벼운 웃음소리가 연회장 안을 채우기 시작했다. 그리하여 다시 음악이 울려 퍼지면 환영의 무리들도 다시 살아난 듯 더없이 흥겨운 모습으로, 삼각대 위의 등잔불로부터 흘러나오는 가지각색의 휘황찬란한 불빛을 온몸에 휘감고 이리저리 돌아다니기 시작하는 것이었다.

그러나 일곱 개의 방 중 서쪽 끝에 있는 그 방에는 감히 들어가려는 자가 아무도 없었다. 밤이 점점 깊어 갈수록 짙은 핏빛의 창문은 마치 피가 흘러내리는 듯한 형상을 그려냈고, 새까만 벽모전은 그 방의 어둠을 더욱 섬뜩하게 했기 때문이었다. 그리고 그 방의 융단 위에 발을 들여 놓은 사람들에게는 이 검은 벽시계의 시계바늘 소리가 더더욱 크게 휘감아 오면서 멀리 다른 방에서 들려오는 즐거움에 도취된 사람들의 와자지껄한 소리를 삼켜 버리는 것이었다.

그러나 다른 방은 사람들로 넘쳐났으며, 바쁘게 뛰고 있는 그들의 심장 박동이 방안을 후끈 달구고 있었다. 흥겨운 연회는 마치 소용돌이치듯 그 열기 속으로 빠져들었고, 마침내 자정을 알리는 괘종시계 소리가 울려오기 시작했다. 그러자 전에도 말한 바와 같이 음악이 뚝 그치고, 미친 듯이 돌아가며 왈츠를 추어대던 사람들도 그 자리에서 멈춘 채 연회장 안은 다시 불안한 정적 속에 잠겨버렸다.

시계가 열두 번이나 괘종을 울리느라 시간이 제법 걸렸기 때문에, 그 시간 동안 몇몇 사람들은 무언가 깊은 생각을 했을 것도 같았다. 그래서 그런지, 열두 번째 괘종 소리의 여운이 채 사라지기도 전에 연회장 안의 제법 많은 사람들은 그 이전에는 한 번도 눈에 띄지 않았던 가면 복장이 섞여 있는 것을 알게 되었다. 그리고 이 새로운 가면자假面者에 대한 이야기가 입에서 입으로 수군덕거리며 퍼졌고, 모든 사람들의 입에서 놀라움과 비난의 소리가 뒤섞여 나오더니, 마침내는 두려움과 공포, 그리고 혐오의 욕지거리까지 튀어나왔다.

앞서 묘사한 바대로 이 기괴망측한 환상의 연회에서 웬만한 가면복장으로는 그와 같은 소동을 불러일으킬 수 없었을 것이다. 사실 그날 밤의 가면무도회는 어떤 가면복장을 하든 제한을 두지 않았다. 그러나 문제의 그 가면복장은 기괴한 장식에 대하여 무한히 담대한 아량을 보이는 공公조차도 도저히 납득이 가지 않을 정도로 너무나 해괴망측했다. 아무리 무감각한 성격이라고 하더라도 움찔하는 부분이 반드시 있기 마련인 것이다. 죽고 사는 것을 한낱 웃음거리 정도로 생각하는 천인공노天人共怒할 그런 인간에게도 그만 입이 딱 벌어지는 그런 일은 있기 마련인 것이다.

연회장 안의 모든 사람들은 낯선 가면자의 복장이 가면무도회의 유희에 걸맞는 치장이라고는 하나도 없음을 실감하는 것 같았다. 이 가장의 인물은 키가 크고 후리후리한 체격이었는데, 머리부터 발끝까지 무덤에서 막 나온 듯한 썩어서 너덜너덜한 시의屍依를 휘감고 있었다. 얼굴을 가리고 있는 가면은 흡사 뻣뻣하게 굳어버린 시신의 얼굴을 하고 있었기 때문에 아무리 가까이 들여다보아도 그것이 가면이라는 것이 전혀 실감이 나지 않을 정도였다.

하지만 이 정도에서 그쳤다면 연회에 정신이 빠져버린 사람들은 그저 잘 만들어진 가장이라고 칭찬하는 정도로 넘어갈 수 있었을 것이다. 그러나 사람들의 숙덕거림은 마침내 그 가장이 적사병과 닮은 것 아니냐는 웅성거림으로까지 이어졌다. 그의 의

복은 피로 물들어 있었고, 그의 넓은 이마는 얼굴의 다른 부분들과 마찬가지로 그 무서운 피의 반점으로 덕지덕지 덮여 있었다.

프로스페로 공의 시선이 이 무시무시한 가장에 멎었을 때─이 가장은 자신의 역할을 더욱 충실히 수행하려는 듯, 느리고 엄숙한 발걸음으로 왈츠를 추는 무리들 사이를 이리저리 활보하고 있었다─처음에는 두려움 때문인지 아니면 혐오감 때문인지 온몸을 부들부들 떨다가 곧 너무나 격한 노여움에 휩싸인 나머지 이마가 시뻘건 색으로 변해 버렸다.

"감히 어떤 녀석이냐!"

그는 가까이 있는 신하들을 향해 큰 소리로 외쳤다.

"어떤 녀석이기에 감히 그렇게 흉측하고도 불손한 가장으로 우리를 모욕하려 든단 말인가. 저 놈을 잡아 가면을 벗겨. 녀석의 몰골을 본 후 목을 매달 것이니라. 내일 아침 동이 틀 때 성벽에다 말이야!"

프로스페로 공이 이렇게 소리친 것은 동쪽, 즉 파란색 방에서였다. 그의 목소리는 일곱 개 방 전체에 쩌렁쩌렁 울려 퍼졌다. 왜냐하면 공은 우람한 체격에서 나오는 당당한 목소리를 가졌으며, 또 그의 손짓으로 음악은 이미 멈춰져 있었기 때문이다.

공의 주위에는 많은 신하들이 하얗게 겁에 질린 얼굴을 하고

있었다. 공의 명령이 떨어지자 그들 중 일부가 처음에는 바로 코 앞에 있는 그 흉측한 가장자를 향해 달려들 듯한 기세를 내비치는가 싶더니, 이내 제자리에서 서로의 얼굴만 쳐다보며 머뭇머뭇 하다가는 공의 주위로 바짝 모여들었다. 모두들 시의를 휘감은 그 가면자의 모습에 까닭 모를 공포에 질려 누구나 선뜻 나서서 그를 붙잡으려는 자가 없었다. 이 가면자는 아무런 저지도 받지 않고 공에게 바싹 다가왔다. 그러자 연회장의 모든 사람들이 약속이나 한 듯 일제히 양쪽 벽 옆으로 물러섰고 그는 전과 조금도 다름없이 흐트러짐 없는 당당한 걸음걸이로 그 한가운데를 지나 파란색 방에서 자주색 방으로, 자주색 방에서 초록색 방으로, 초록색 방에서 오렌지색 방으로, 오렌지색 방에서 흰색 방으로, 거기서 다시 보라색 방으로 스스럼없이 활보했지만, 사람들은 아직도 그를 붙잡겠다는 엄두를 전혀 내지 못하고 있었다.

바로 그때, 프로스페로 공은 잠깐 동안이지만 자신도 겁에 질렸다는 사실에 울화가 치밀어 올라 노여움이 가득한 얼굴로 보라색 방까지 단숨에 가면자를 뒤쫓아갔다. 하지만 극도의 공포에 사로잡혀 벌벌 떨고만 있던 사람들은 그 누구도 공의 뒤를 따르지 않았다. 공은 단검을 높이 치켜들고 쏜살같이 달려나가 가면자를 서너 발걸음까지 따라잡았다. 앞서 달아나던 가면자는 마지막 보라색 방의 벽에 다다르자 갑자기 몸을 확 돌려 쫓아오던 공을 정면으로 노려보았다.

그 순간 아주 날카로운 비명 소리가 들리면서 단검이 공중에서 번쩍 한 번 빛을 발하더니 시꺼먼 융단 위에 툭 떨어졌고, 곧 그 위로 프로스페로 공이 쓰러지면서 숨을 거두고 말았다. 그때까지 공포에 떨고만 있던 사람들은 공의 죽음에 오히려 용기가 생겼는지 동시에 우르르 벨벳방으로 몰려갔다. 그들은 검은 시계의 그림자 뒤에 꼼짝 않고 꼿꼿이 서 있는 가면자를 옴짝달싹 못하게 붙잡아, 다 썩은 시의와 시체 같은 가면을 쥐어뜯고 발기고 했는데, 결국 그 속에 아무런 형체도 없다는 것을 알게 되자 극도의 공포감에 몸을 벌벌 떨며 비명을 질러댔다.

그때에야 비로소 그들은 '적사병' 이 나타났음을 깨닫게 되었다. '적사병' 은 밤도둑처럼 슬며시 들어왔던 것이다. 이제까지 연회로 흥청대던 무리들이 검붉은 피가 흥건히 고여 있는 바닥 위로 쓰러지며 절망의 표정을 한 채 처참한 모습으로 죽어갔다. 검은 벽시계도 이 연회가 그렇게 막을 내리는 순간 멎었다. 삼각대 위의 등잔불도 꺼졌다. 다만 '죽음과도 같은 암흑' 과 '시체 썩는 냄새' 와 '적사병' 만이 연회장을 가득 채운 채 이리저리 흘러 다니고 있었다.

모르그 가街의
The Murders in the Rue Morgue
살인

분석이 가능한 것으로 알려진 정신적인 요소들은 사실 그 자체로는 거의 분석이 불가능하다. 단지 그 정신적인 요소들로 인해 일어나는 결과를 가지고 우리는 거슬러 판단할 뿐이다. 아주 뛰어난 분석 능력을 갖춘 사람들에게는 특히 이러한 정신적인 요소들이 언제나 생생한 즐거움을 선사하기 마련이다. 튼튼한 신체를 가진 사람이 근육을 뽐내며 즐거움을 느끼듯이, 뛰어난 분석 능력을 갖춘 사람은 논리적 사고로 문제를 해결하는 자신의 정신 활동에서 득의得意에 찬 기쁨을 느끼게 되는 것이다. 이런 사람은 자신의 정신 능력을 발휘할 수 있는 일이라면 지극히 사소한 일이라 하더라도 그것을 분석해내면서 기쁨을 느낀다. 수수께끼, 깊은 생각을 필요로 하는 복잡한 문제, 난해한 문자의 판독 등을 즐기는데, 그 하나하나를 풀어낼 때 보여주는 날카로운 분석은 보통 사람에게는 초인적이라는 느낌이 든다. 뛰어난 정신 능력과 치밀한 분석을 통해 어렵게 도달한 결론이지만, 사실 겉으로는 순간적인 직관直觀에 의한 것처럼 보이기도 하기 때문이다.

분석적 능력은 수학적 훈련, 특히 그 최고 분야인 '분석학'을 통해서 크게 향상될 수 있다. 그러나 단지 역행분석법(먼저 주어진 명제나 오류를 가지고 역으로 분석해 나가는 방법)을 적용한

다는 이유만으로 지극히 당연하다는 듯이 이것을 분석학이라고
부르는 것은 적절치 못하다.

단순한 수학적 계산 그 자체는 분석행위가 아니다. 예를 들면,
체스를 두는 사람은 계산을 할 뿐이지 분석하려고 하지는 않는
다. 그러므로 체스가 지능발달에 도움을 준다는 것은 지극히 잘
못된 생각이다.

나는 지금 논문을 쓰고자 하는 것은 아니다. 다만 기괴한 이야
기를 시작하기에 앞서 그냥 생각나는 대로 이야기를 좀 하는 것
뿐이다. 따라서 이 기회에 주장하고 싶은 것은, 보다 고도의 지
적 분석 능력은 쓸데없이 복잡한 체스보다는 한결 단순한 체커
게임에서 결정적이면서도 유용하게 발휘된다는 점이다.

체스 게임은 말들이 제 멋대로 다양하게 움직이면서 그 역할
도 시시각각으로 바뀌는데, 단지 복잡하다는 것 말고는 아무것
도 아닌데도, 이것을 두고 흔히 체스가 아주 심오한 깊이를 가지
고 있는 것처럼 오해를 하고 있다. 체스에서 가장 필요한 것은
주의력이다. 한순간이라도 주의력이 흐트러지거나 상대 말의
움직임을 간과하면 큰 피해를 입거나 게임에서 패배하게 된다.
말의 진로가 여러 갈래인데다가 복잡하기 때문에 진행 상황을
깜빡 놓쳐버릴 가능성은 더더욱 높아진다. 그러므로 십중팔구

는 명석한 사람보다는 집중력이 뛰어난 사람이 승리하게 되는 것이다.

반면에 체커 게임(서양 장기. 체스판에서 12개의 말을 씀_역주)에 있어서는 말의 진로가 비교적 단순하고 변화가 많지 않아 진행 상황을 놓쳐 버릴 가능성은 적다. 그러므로 단순한 주의력은 비교적 문제가 되지 않기 때문에 명석한 사람에게 유리하다.

보다 구체적으로 이야기해 보면, 전체의 말은 네 마리 킹(king)이 전부인, 따라서 전혀 착각할 이유가 없는 체커 게임을 생각해 보자. 이런 게임에서는—두 경기자의 수준이 같다는 전제하에—정교한 말의 운용, 즉 누가 더 치밀한 지력 활동을 보여주는가에 따라 승부가 결정될 것이 분명하다. 평범한 수로는 대응이 불가능할 때, 상대편의 입장이 되어 생각해 보면 자신을 착각에 빠뜨리게 한다거나 성급하게 수를 잘못 읽게 만드는 유일한 묘수—때로는 그 묘수가 어처구니없을 정도로 단순할 때도 있지만—가 문득 눈에 보이는 경우가 적지 않다.

휘스트 게임(카드놀이의 일종_역주)은 오래 전부터 소위 계산 능력을 향상시켜주는 것으로 알려져 있다. 최고의 지성과 논리를 갖춘 많은 사람들이 휘스트 게임에 푹 빠져 있으면서, 체스는 시시하다고 폄하貶下하기도 한다. 사실 휘스트 게임만큼이나 고도의 분석 능력을 필요로 하는 게임은 없다고 할 수 있다.

이 세상에서 체스를 가장 잘 두는 사람은 그저 체스의 명수일 뿐이다. 하지만 휘스트 게임에 뛰어나다는 것은 지혜와 지략을 서로 다투는, 보다 중요한 세상사의 많은 일들에 있어서도 성공할 수 있는 잠재력을 가지고 있다는 것을 뜻한다. 여기서 뛰어나다는 뜻은 상대보다 우위에 설 수 있는 모든 정석定石과 급소에 정통하며 게임 전체를 꿰뚫는 안목을 말한다. 이것은 복잡할 뿐만 아니라 형세에 따라 달라지기도 하기 때문에 평범한 생각으로는 도저히 이해할 수 없는 아주 깊은 사고를 필요로 한다.

집중력과 기억력은 비례한다고 볼 수 있다. 그런 면에서 집중력 있는 체스 경기자는 휘스트 게임도 썩 잘할 수 있을 것이다. 이들은 호일(Hoyle, 카드놀이의 규칙을 담은 책)의 규칙—그 규칙들이라 해야 단순한 게임의 방법을 기술한 것에 지나지 않으므로—들을 전반적으로 충분히 이해할 수 있을 것이기 때문이다. 그러므로 그 뛰어난 기억력으로 책의 규칙들을 잘 적용만 한다면 전반적으로 좋은 게임을 펼칠 수 있을 것이다.

그러나 분석가의 능력이 발휘되는 것은 이런 단순한 규칙들로써는 해결할 수 없는 차원의 문제에 마주치게 될 때이다. 분석가는 말없이 수많은 관찰과 추리를 한다. 그의 상대방도 아마 마찬가지일 것이다. 그렇기 때문에 서로가 얻는 정보에 대한 우열의 차이는 추론을 제대로 했는가 아닌가의 문제이기보다는, 먼저 관찰을 제대로 했는가의 여부에서 결정이 난다고 할 수 있을 것이다. 반드시 필요한 것은 무엇을 관찰할 것인지에 대한 정확한 인지이다. 분석가는 스스로 그 범위를 한정지어 버리지 않는다. 게임이 목적이라고 해서 게임 이외의 대상으로부터 추론하는 것을 거부하지 않는다.

그는 같은 편의 얼굴 표정을 살피며, 상대 경기자들 표정과의 차이를 유심히 읽는다. 그는 손에서 카드를 분류하는 각자의 방법을 눈여겨보는데, 보통 으뜸패는 으뜸패끼리, 높은 패는 높은 패끼리 분류를 하게 되는 손과 그 카드에 던지는 그들의 시선을 통해 관찰한다. 게임이 진행되는 동안 시시각각으로 변하는 상대들의 표정을 하나하나 관찰해서, 자신 있는 표정, 당황한 표정, 득의 만만한 표정, 아쉬운 표정들의 변화를 통해 상대의 수를 읽어낸다. 또한 돌리는 패를 집어드는 손놀림을 보면서 패를 집어든 상대가 패의 짝을 맞추었는지 여부를 판단하며, 테이블 위에 카드를 던지는 상대의 몸짓에서 속임수의 의도가 무엇인지를 파악해낸다. 아주 무심한 척 슬쩍 내뱉는 말 한마디, 우연히 카드한 장이 떨어졌거나 뒤집어졌을 때, 그리고 그럴 때에 그 패를 숨기면서 당황하는지 아니면 침착한 태도를 보이는지, 카드를 세고 배열하는 순서, 당황, 머뭇거림, 서두름, 또는 미묘한 손떨림 등, 이 모든 것을 명석하게 분석해냄으로써 게임의 진행상황을 정확하게 파악하는 것이다. 판이 두서너 번만 돌아가도 그는 상대들의 패를 정확히 파악하게 되고, 그때부터는 마치 나머지 상대들의 패가 거꾸로 훤히 보이는 것처럼 완벽할 정도로 정확하게 자신의 패를 의도대로 풀어가는 것이다.

분석적 능력을 단순한 재능과 혼동해서는 안 된다. 분석가들이야 당연히 그런 재능을 갖고 있는 것이지만, 재능 있는 사람이 전혀 분석적이지 못한 경우는 흔히 있기 때문이다. 이러한 재능을 결정하는 구성 능력 내지는 결합 능력을 골상학자들은—나는 그들의 주장이 틀렸다고 생각하지만—인간의 본원적인 능력이라 추정하면서 뇌와는 독립된 어떤 다른 기관에서 관장하는 것이라고 했는데, 사실 이러한 능력이 백치에 가까운 지능의 소유자에게서 아주 빈번하게 나타나고 있기 때문에 정신 분석가들의 지대한 관심을 끌고 있다.

일반적 재능과 분석적 능력의 차이는 공상과 상상력의 차이보다 훨씬 크지만, 그 차이는 아주 비슷한 성격을 가지고 있다. 사실 재능 있는 사람은 언제나 공상적이며, 상상력이 풍부한 사람은 똑같이 분석적이라는 것을 알 수 있을 것이다.

이제부터의 이야기는 지금까지 펼친 나의 주장을 부연하여 설명하는 것처럼 비쳐질 수도 있을 것이다.

18XX년, 봄에서 초여름에 걸쳐 파리에서 머무르는 동안에 나는 그곳에서 C. 오거스트 뒤팽이라는 인물을 사귀게 되었다. 이 청년 신사는 좋은 집안, 아니 아주 이름난 집안의 출신이었지만 이런저런 불행한 세파를 겪으면서 집안은 몰락했고 자신도 궁핍에 찌든 나머지 다시 출세를 하겠다든지 가문을 일으키겠다든지 하는 의욕은 접어 두고 있는 상태였다. 채권자들의 배려로 적은 자산이지만 유산의 일부가 그의 소유로 되어 있었고, 거기에서 나오는 수입으로 아주 검소한 생활을 하면서 빠듯한 생계를 그럭저럭 꾸려나가고 있었다. 책만이 유일한 그의 사치품이었는데, 하기야 파리에서는 책을 구입하는 것이 쉽기도 했다.

우리가 처음 만난 것은 몽마르트르 거리의 후미진 곳에 있는 도서관이었는데, 그곳에서 우리는 우연히 진귀한 서책을 똑같이 찾고 있었고, 그것이 인연이 되어 가까운 사이가 되었다. 우리는 누가 먼저라 할 것도 없이 무척 자주 만났다.

프랑스 사람들은 자기 자신에 관한 이야기를 할 때면 아주 솔직해지는 법인데, 뒤팡이 솔직하게 들려주는 자신의 가문의 역사에 대해서 나는 깊은 흥미를 느꼈고 또한 그의 엄청난 독서량에 놀라기도 했다. 그러나 그 무엇보다도 열정적이면서도 신선한 영감을 느끼게 하는 그의 상상력에 내 영혼의 두 눈이 번쩍 뜨이는 것 같았다. 당시 나는 찾는 것이 있어 파리에 머물고 있었는데, 이런 사람을 사귀게 된 것은 가치를 따질 수 없을 정도로 유익하다는 느낌을 받았다. 그리고 이런 느낌을 그에게 솔직히 털어놓기도 했다.

그러다가 마침내 우리는 내가 파리에 머무는 동안 함께 지내기로 했다. 경제 사정은 내가 좀 나은 편이었으므로 집세를 부담하기로 했다. 우리는 미신 때문에 파리 근교 상제르망의 외지고 황량한 한구석에 오랫동안 쓰러질 듯이 버려져 있던 고색 창연한 저택 하나를 구해서, 우리 두 사람의 취향에 맞게 환상적이면서도 다소 우울한 분위기로 꾸몄다.

이 저택에서 지낸 우리의 생활이 세상에 알려졌더라면, 사람들은 우리더러 틀림없이 미치광이들이라고 했을 것이다. 그렇다고 해서 세상에 해가 되는 미치광이는 아니었지만 말이다.

우리는 세상과 완전히 인연을 끊고 살았다. 누구도 찾아오지 못하게 했고 이전부터 사귀어 오던 나의 친구들에게도 이곳이 알려지지 않도록 유의했으며, 뒤팡은 파리와의 소식을 끊은 지도 몇 년이나 되었다. 우리는 우리 둘만의 세상에 살고 있었던 것이다.

어둠 그 자체를 무척이나 즐기는 것은 뒤팡의 장난기 섞인 공상벽—다르게 부른다면 뭐라고 해야 할까?—이지만, 그것과 마찬가지로 그밖의 모든 '기이한 습벽' 속으로 나는 서서히 빠져들어가 마침내는 완전히 그를 따라하게 되어 버렸다. 어둠의 여신과 언제나 함께할 수는 없었지만, 밤의 분위기를 만들어낼 수는 있었다. 첫 새벽동이 트는 즉시 우리는 이 낡은 저택의 커다란 덧문을 모두 내려버리고는 두 개의 촛불을 켰는데, 그렇게 하면 무척 강한 향기를 내뿜으며 아주 희미하게 음침한 분위기를 자아내는 빛마저도 이 촛불 빛에 묻혀 버렸다. 이 촛불 속에서 몽상하고 독서하고 글쓰고 대화하면서 분주하게 보내다 보면, 어느새 시계의 종 소리가 진짜 밤이 찾아왔음을 알리고 있었다. 그러면 우리는 서로의 팔을 끼고 거리로 뛰쳐나가 낮에 나누던 대화를 계속하든지, 아니면 밤늦게까지 사람들이 북적대는 도시의 요란한 불빛 속과 어두운 거리를 멀리까지 돌아다니면서, 신중한 관찰을 통해 얻을 수 있는 무한한 정신적 기쁨을 느껴 보고자 했다.

그럴 때마다 나는—창조성이 넘치는 그의 상상력에서 예상은 하고 있었지만—뒤팡의 독특한 분석 능력에 감탄사가 저절로 튀어나왔다. 그 또한 자신의 이런 능력을 드러내 보이는 것을—그렇다고 과시하는 것은 아니었지만—무척 즐거워하는 것 같았고, 또 거리낌없이 그 즐거움을 밖으로 표출했다. 그는 쿡쿡 낮은 웃음을 웃으며 자기가 보기에는 대부분의 사람들은 속이 훤히 들여다보이는 창을 가슴에 달고 있는 것이나 마찬가지라고 나에게 장담을 했는데, 그러고는 곧바로 내 마음속을 꿰뚫고 있음을 보여주는 구체적이고도 놀라운 증거를 들어 그의 말을 입증하곤 했다. 이럴 때의 그의 모습은 냉철하면서도 멍한 듯했다. 자신의 논리를 전개할 때 그의 눈동자는 텅 비어 버린 듯했고, 평소에는 중후한 테너 음성인 목소리는 다소 높아졌는데, 만약 진지하면서도 매우 명확한 그의 말투가 아니었더라면 그가 무척 성이 나 있는 것처럼 들렸을지도 모르겠다.

이런 그의 모습을 볼 때면 고대 철학의 '이중 영혼설'이 떠오르면서, 뒤팡은 창조적 영혼과 분석적 영혼을 모두 가진 이중적 영혼의 존재라는 야릇한 공상을 즐기곤 했다.

미리 말해 둘 것은, 이런 이야기를 한다고 해서 내가 지금 괴담이나 공상소설을 긁적거리고자 하는 것은 아니라는 것이다. 내가 이 프랑스인에 대해 지금까지 말한 내용은 머물 꽤나 먹은 사람의 고질병이라 할 수 있는 아는 체하고 싶은 심정에서 말한 것에 지나지 않는다. 당시에 그가 어떤 식으로 말했는지는 하나의 예를 들어 보는 것이 이해에 더 도움을 줄 것이다.

어느 날 밤 우리는 팔레 로와얄 근교에 길게 뻗어 있는 지저분한 거리를 걷고 있었다. 둘 다 아주 깊은 생각에 잠겨 있었는데, 적어도 십오 분 정도를 서로 말 한마디 꺼내지 않고 있었다. 그러다 갑자기 뒤팡이 불쑥 내뱉었다.

"과연 그는 정말 키가 작군. 만담이나 하면 제격이겠어."

"그래, 맞는 말이야."

나도 모르게 말이 튀어나왔는데, 처음에는—나는 너무나 내 생각에 열중해 있었다—뒤팡이 나의 깊은 생각을 절묘하게 알아맞히고 있다는 사실조차 전혀 의식하지 못했다. 그러나 잠시 후 그의 말이 다시 뇌리를 스치면서 나는 그만 기절초풍할 뻔했다.

"뒤팡!"

나는 진지한 표정으로 물었다.

"도대체 어떻게 된 일이지? 놀랍다고 할 수밖에. 도저히 내 귀

가 믿어지지 않는단 말일세. 내가 생각하고 있던 것을 어떻게 알아맞힐 수 있단 말인가, 도대체 어떻게?'

나는 여기서 잠시 말을 멎은 채, 정말 뒤팡이 내가 생각하고 있던 인물이 누구인지 알고 한 말이었는지 그의 표정을 살폈다.

"샹틸리 일 아니겠나."

뒤팡이 말했다.

"그런데 왜 말을 끊는가? 그렇게 작은 그의 몸집으로는 비극에 어울리지 않는다고 자네는 혼자 생각하고 있지 않았는가."

이것은 정말로 내가 생각하고 있던 바로 그 문제였다. 샹틸리라는 인물은 원래는 상드니 거리의 구두수선공이었는데, 연극에 미친 나머지 크레비용(프랑스의 극작가)의 비극 《크세르크세스》의 주역을 해보겠다고 나섰다가 지독하게 망신만 당했었다.

"부탁일세, 제발 말해주게."

내가 큰 소리로 말했다.

"어떻게 내 속마음을 알아 맞추는지, 그런 방법이 있다면, 도대체 어떤 방법인지 말해주거나."

사실 나는 너무나 놀란 나머지 말도 제대로 나오지 않는 것 같았다.

"그 과일장수 때문이지."

뒤팡이 말했다.

"자네가 그 구두수선공이 크세르크세스 역이나 그와 비슷한 역을 하기에는 키가 너무 작다고 생각하게 된 이유가 말이네."

"과일장수라니! 전혀 뜻밖인데. 내가 아는 과일장수라곤 아무도 없는데."

"우리가 이 길로 막 접어들었을 때 자네와 부딪힌 사내가 있었잖아. 한 십오 분 전쯤이지, 아마."

그러고 보니 C 거리에서 이 길로 접어들려고 할 때 머리에 큰 사과 광주리를 인 한 과일장수가 나와 부딪히며 나를 넘어뜨릴 뻔했던 적이 있었다. 그러나 이 일이 샹틸리 문제와 어떤 관련이 있는지는 언뜻 이해가 가지 않았다.

하지만 뒤팡은 전혀 허풍을 떨고 있는 것 같지 않았다.

"그럼 설명을 하겠네."

그가 말했다.

"자네의 이해를 분명히 하기 위해서, 우선 내가 자네에게 이 이야기를 꺼낸 시점에서부터 문제의 그 과일장수와 자네가 부딪힌 시점까지 자네가 했던 생각을 거슬러 짚어보기로 하세. 자네 생각의 대강의 줄거리는 다음과 같네. 샹틸리, 오리온 성좌, 니콜스 박사, 에피쿠로스, 스테레오토미, 거리의 포석, 과일장수,

이런 순서말일세."

대부분의 사람들에게는 인생의 어떤 시점에서 자신의 어떤 생각이 어떤 과정을 거쳐 나오게 되었는지를 돌이켜 보는 것이 상당히 흥미롭게 느껴지게 되어 있다. 때로는 재미있는 현상들이 무척 많이 나타나는데, 처음 이런 생각을 해보는 사람들은 그 생각을 하게 된 첫 동기와 최종의 생각 사이에 엄청난 거리가 있고 앞뒤가 전혀 맞지 않는다는 것을 알고는 놀라게 된다. 그러니 이 프랑스인이 방금 한 말을 들었을 때, 그리고 그것이 도저히 부인할 수 없는 사실이었으니, 내가 얼마나 놀랐겠는가.

뒤팽의 말은 계속되었다.

"내 기억이 맞다면, C 거리를 막 빠져 나올 때 우리는 말에 관한 이야기를 하고 있었을 걸세. 우리가 마지막으로 이야기를 나눈 내용이니까. 그리고 이 거리를 접어들었을 때, 큰 광주리를 머리에 인 한 과일장수가 급히 우리 옆을 지나다가 자네를 툭 건드리는 바람에 자네는 마침 도로를 수리하면서 길을 포장하기 위해 그곳에 쌓아 두었던 돌더미 위로 넘어질 뻔했지. 자네는 흩어져 있던 돌 하나를 밟는 바람에 발목을 약간 삔 것 같았는데, 아파서 화가 난 듯한 표정을 지으며 몇 마디를 중얼거리다가, 쌓아 둔 돌더미를 한번 쳐다보고는 다시 묵묵히 걸어갔네. 특별히 자네의 행동에 신경을 쓰고 있었던 것은 아니었는데도, 요즘 무언가를 유심히 관찰하는 습성이 아예 몸에 배어버렸단 말일세.

자네는 성이 난 표정으로 고개를 숙인 채 길에 파 놓은 구멍과 바퀴 자국을 보며 걷고 있었네. 그것을 보고 자네가 걸려 넘어질 뻔한 그 돌을 아직도 생각하고 있다는 것을 알았지. 그러다가 우리는 라마르탕이라고 불리는 작은 거리로 들어서게 되었는데, 그 거리는 시험삼아 리벳식 보도블록으로 포장을 하고 있었네. 그러자 자네는 표정이 밝아지면서 무언가를 중얼거렸는데, 분명히 '스테레오토미'라고 했을 거라고 확신을 했네. 그런 식의 도로포장을 흔히 그렇게 부르는 것이니까.

자네가 '스테레오토미'라고 중얼거렸다면 반드시 원자原子를 떠올렸을 것이고, 나아가 에피쿠로스의 학설을 생각했을 거라고 믿었네. 그리고 아주 오래 전이기는 하지만, 이해하기 힘들었던 이 위대한 그리스 학자의 이론들이 최근의 우주 창조설에 의해 사실로 입증이 되었음에도 당시에는 너무나 독특한 이론이어서 사람들의 관심을 끌지 못했다는 것을 자네에게 이야기한 적이 있기 때문에, 자네가 오리온 성좌를 쳐다보지 않을 수 없을 것이라는 느낌이 들었지. 그러면서 반드시 쳐다보게 될 것이라고 기대를 했고, 자네는 결국 그것을 쳐다보았네. 그래서 지금까지 자네 생각의 궤적을 잘 추적해 왔다는 확신이 생기더군.

샹틸리를 아주 혹독하게 비난한 《뮈세》지紙의 어제 기사에서 풍자가는 샹틸리가 연극을 하기 위해 이름까지 바꾼 사실을 신랄하게 비꼬면서 우리가 자주 화제로 삼았던 그 라틴어 구절을 인용하고 있더구먼.

'처음 글자는 옛 소리를 잃었구나.'

이 구절은 본래 오리온(Urion)이었던 이름이 오리온(Orion)으로 바뀐 것과 관계가 있는 것이라고 일전에 자네에게 말한 적이 있었지. 그리고 내가 상당히 신랄하게 설명했었기 때문에 자네가 잊지 않았을 것이라고 확신하고 있었네. 그래서 자네는 분명히 오리온과 샹틸리를 결부시켜 생각할 것이라고 믿었던 거지. 역시 네 생각이 맞았는데, 자네의 입가에 감도는 미소의 의미를 통해 확인했던 거라네. 자네는 신문기사에 두들겨 맞고 있는 그 구두수선공의 낭패한 모습을 떠올린 거지. 그때까지 줄곧 구부정하게 걷던 자네가 허리를 펴면서 몸을 곧게 세우더군. 자네가 그 키 작은 샹틸리를 생각하고 있는 것이 분명하다는 생각이 이때 들었던 거지. 그래서 이때 자네의 명상에 끼어 들어, 그는 정말 키가 작다고 하면서 샹틸리 그 친구는 만담이나 하면 어울릴 거라고 말을 하게 되었던 것이라네."

그로부터 며칠 후《가제트 데 트리뷔노》지의 저녁 판을 읽고 있던 중, 다음과 같은 기사가 우리의 눈길을 끌었다.

"아주 기이한 살인사건. 오늘 새벽 세 시경 상로쉬 구區에서 주거하는 사람들은 계속해서 들려오는 끔찍한 비명 소리에 잠에서 깨어났는데, 그 비명 소리는 레스파네 부인과 그녀의 딸 카미유 레스파네 양이 살고 있는 모르그 가의 건물 4층에서 들려오는 게 분명했다. 열 명가량의 주민들이 달려와 문을 따고 들어가 보려고 하는 통에 다소 시간이 지체되었으나, 곧 쇠 지렛대로 문을 부수고 무장 경관 두 명과 함께 들어갔다. 이때 비명이 잠시 그쳤지만, 사람들이 2층으로 달려 올라갈 때에 다시 싸우는 듯한 거친 목소리가 두세 차례 들렸는데, 건물 맨 위층에서 들려오는 것 같았다. 2층 층계참에 이르렀을 때 이 비명 소리도 잦아들면서 건물 안이 조용해졌다. 사람들은 무리를 나누어 각 방을 살펴보았다. 4층 뒤편의 널찍한 방에 들어섰을 때ㅡ이 방문은 열쇠가 안으로 꼽힌 채 잠겨 있어서 부수고 들어가야 했다ㅡ방안에 펼쳐진 장면에 모든 사람들이 놀라기도 했지만 섬뜩한 공포감을 느꼈다.

　방안은 완전히 난장판이 되어 있었다. 가구들은 박살난 채 온 사방에 흩어져 있었고, 침대받침이 하나 있었지만 침대도 떨어져나가 방 한가운데에 뒹굴고 있었다. 의자에는 피묻은 면도칼 하나가 있었고, 난로 위에는 굵고 긴 회색 빛 머리카락이 두세 줌 엉켜져 있었는데, 이것 역시 피가 튀겨져 있었고 뿌리째 뽑혀버린 것 같았다. 바닥에는 나폴레옹 금화 네 개와, 토파즈 귀걸이 하나, 큰 은스푼 세 벌, 작은 양은 숟가락 세 개, 그리고 사천 프랑 가량의 금화가 든 두 개의 가방이 널브러져 있었다. 방 한구석에 있는 장롱은 서랍이 열린 채로 마구 흐트러져 있었지만, 그래도 그 안에는 물건들이 많이 남아 있었다. 조그만 철제 소형 금고가 침대 매트리스―침대받침이 아니라―밑에서 발견되는데, 열쇠가 꽂힌 채 문은 열려 있었다. 그 속에는 몇 통의 오래된 편지와 별로 쓸데없어 보이는 서류들만 들어 있었다.

　레스파네 부인의 자취는 찾을 수가 없었다. 그러나 화로에 이상할 정도로 많은 숯 검댕이가 보여서 굴뚝 안을 살펴보자―말하기조차 정말 소름이 끼친다!―그 좁은 틈새로 밀어넣었던, 머리를 아래로 향한 딸의 시체가 발견돼 시신을 수습했다. 시신은 아직까지 체온이 남아 있었다. 시신을 살펴보니 여기저기 심한

찰과상이 있었는데, 굴뚝 속으로 밀어 올리면서, 그리고 다시 끌어내리면서 생긴 것이 분명했다. 얼굴은 심하게 긁힌 상처가 여러 군데 있었고, 목에는 시커먼 멍과 깊숙이 패인 손톱자국이 있어 목이 졸려 죽은 것으로 추정되었다.

온 집안을 구석구석 뒤지며 살펴보았지만 더 이상 나온 것은 없었는데, 사람들이 건물 뒤편에 있는 돌로 포장이 되어 있는 조그만 뜰로 나가 보니 그곳에 노부인의 시체가 있었다. 목이 거의 잘리다시피 했는데, 시신을 들여다 보니 머리가 굴러 떨어졌다. 머리와 마찬가지로 몸체도 무참히 찢겨져 있었고, 특히 너무나 심하게 훼손이 된 나머지 사람의 신신으로 알아보기조차도 어려웠다. 이 기괴하고도 끔찍한 사건에 대해 아직은 아무런 단서도 확보하지 못한 것으로 알고 있다.”

이튿날 아침 신문은 다음과 같이 자세하게 보도했다.

“모르그 가의 참극. 이 참혹하고도 기괴한 사건(프랑스어에서 사건의 의미를 나타내는 아페르affaire는 영어에서와 같이 가벼운 일 정도의 의미로 쓰이는 것이 아니었다_역주)과 관련하여 많은 사람들이 조사를 받고 있는 중이지만, 사건 해결의 실마리가 될 만한 것은 아무것도 나오지 않았다. 다음은 지금까지의 주요 증언들이다.

세탁소를 운영하는 폴린 뒤부르 여인의 증언은 다음과 같다. 사망자들과 알고 지낸 것은 3년째로 그 동안 그들의 세탁물을 맡아왔다. 노부인과 딸은 아주 사이가 좋아 보였고 서로를 끔찍이도 위하는 것 같았다. 세탁비는 언제나 제때에 지불해 주었지만, 생계수단이 무엇이었는지는 모르겠다. 레스파네 부인은 점을 쳐 그 수입으로 생계에 보태는 것으로 알고 있다. 저축해놓은 돈이 제법 된다는 소문이 있었다. 세탁일 때문에 그 집을 드나들 때도 다른 사람은 한 번도 보지 못했다. 집안에서 부리는 사람도 분명히 없었다. 4층을 제외하고는 건물 어디에도 가구는 보이지 않았던 것 같았다.

담배가게의 피에르 모로 씨의 증언은 다음과 같다. 4년 가까이 레스파네 부인에게 담배와 코담배를 소량씩 팔아오고 있었다. 이 지역 출신으로 줄곧 이곳에서 살아왔다. 레스파네 부인과 그 딸은 시체가 발견된 그 집에서 6년이 넘게 살고 있었다. 그 전에는 한 보석상의 소유였는데, 그는 건물의 위층 방들을 많은 사람에게 저렴하게 임대해 주고 있었다. 레스파네 부인이 이 건물을 소유하게 되었을 때, 세든 사람들이 자기들 멋대로 건물을 사용하는 게 못마땅해 부인 자신이 직접 이사 들어와 아무에게도 세를 주지 않았다. 노부인은 어린애처럼 유치한 면이 있었다. 6년 동안 딸의 얼굴을 본 것은 겨우 대여섯 차례인 것 같다. 두 사람은 거의 세상을 등지고 살았지만, 부자라는 소문은 있었다. 부인이 점을 친다는 이야기를 이웃으로부터 들은 적은 있지만, 곧이 듣지는 않았다. 노부인과 딸 이외에는 들락거리는 사람은 아무도 없었는데, 다만 짐을 나르는 사람이 한두 번, 그리고 의사가 여덟 번 내지 열 번 정도 드나드는 것을 본 적은 있었다.

이웃의 많은 사람들도 거의 같은 취지의 증언을 했다. 그 집을 자주 드나드는 사람은 아무도 없었고, 레스파네 부인과 딸의 가까운 친인척들이 있는지 여부도 불투명했다. 길 쪽으로 난 창문의 덧문이 열려 있는 경우는 거의 없었으며, 4층의 널찍한 뒷방 창문을 빼고는 모두 항상 닫혀 있었다. 집은 잘 지어진 건물로 그리 낡은 것도 아니었다.

경찰관 이시도르 뮈제의 증언은 다음과 같다. 새벽 3시경에 신고를 받고 그 건물에 도착해보니 이삼십 명의 사람들이 모여 문을 열려고 하는 중이었다. 결국 문을 따고 들어갔는데―쇠 지렛대가 아니라―총검으로 비틀어 문을 땄다. 문은 겹문 또는 여닫이문으로 위아래 모두에 볼트로 고정을 시켜놓지 않았기 때문에 여는 데 큰 어려움은 없었다. 문을 딸 때까지는 비명 소리가 계속 들렸는데, 문을 열자 갑자기 뚝 그쳐버렸다. 아주 극심한

108

고통 속에서 지르는 비명 소리로 한 사람인 것 같기도 하고 여러 명인 것 같기도 했는데, 짧고 빠르게 들리는 것이 아니라 크면서도 길게 울부짖는 소리였다. 앞장 서서 계단을 올라가다가 첫 층 계참에 이르렀을 때 큰 소리로 싸우는 듯한 두 사람의 목소리가 들렸는데, 한 목소리는 몹시 거친 반면, 다른 목소리는 날카로우면서도 아주 기괴했다. 거친 목소리 중의 몇 마디는 분간이 되었는데 프랑스어였고, 여자 목소리는 아닌 게 분명했다. '저런!', '이놈!' 하는 말은 알아들을 수 있었다. 날카로운 목소리는 외국어 같았는데, 여자인지 남자인지 목소리가 분간되지 않았다. 내용은 알 수 없었지만 스페인어 같다는 생각이 들었다. 방과 시체의 상태에 대한 증인의 진술은 어제 보도된 내용과 같다.

이웃에 사는 은 세공업자인 앙리 뒤발의 증언은 다음과 같다. 그는 사람들과 함께 처음으로 그 건물 안으로 들어갔었는데, 대체적으로 뮈제의 증언을 뒷받침하고 있다. 문을 따고 들어가자마자 곧바로 다시 문을 걸어버렸는데, 새벽 시간인데도 불구하고 순식간에 몰려든 사람들이 들어오는 것을 막기 위해서였다. 날카로운 목소리는 이탈리아어였으며 프랑스어는 분명히 아니었지만, 그것이 남자 목소리였는지는 확신할 수 없고, 여자 목소리일 수도 있다. 이탈리아어는 잘 모르기 때문에 그 소리의 의미가 무엇인지는 모르지만 억양으로 보아 분명히 이탈리아어였다. 부인과 딸 모두 잘 아는 사이로 두 사람과 자주 이야기를 나눴었는데, 그 날카로운 목소리는 죽은 두 사람의 것은 아니었다.

식당 주인 오덴하이머의 증언. 그는 자발적으로 증언에 나섰는데, 프랑스어를 몰라 통역의 도움으로 심문을 받았다. 고향은 네덜란드의 암스테르담이다. 비명 소리가 날 때 막 그 건물을 지나가고 있었는데, 몇 분 동안 계속해서 비명이 들렸다. 약 10분 정도 되었을 것 같다. 길게 울부짖는 듯한 소리였는데 공포에 질린 고통스러운 소리였다ㅡ그 역시 건물 안으로 들어간 사람 중의 한 명으로, 한 가지 점만 제외하면 지금까지의 증언과 대체로 일치하고 있다. 날카로운 소리는 프랑스어였고 또 남자 목소리라고 확신한다는 게 그것이다ㅡ. 말은 알아들을 수 없었지만, 큰 목소리에다 빠르고 들뜬 듯한 목소리로 화를 내고 있는 듯했지만 두려움에 떨고 있는 목소리였다. 목소리는 날카롭다기보다는 오히려 거칠었다. '저런!', '이놈!' 하는 낮고 굵은 목소리가 여러 번 들렸고, '지독한 놈!'이란 소리도 한 번 들렸다.

드롤렌 가의 미뇨 家 은행의 사장이자 큰아들인 쥘레 미뇨는 다음과 같이 증언하고 있다. 레스파네 부인은 재산을 제법 가지고 있었다. 8년 전 봄에 구좌를 개설하여 틈틈이 예금을 해오고 있었는데, 그 동안 단 한 번의 예금인출도 없다가 죽기 사흘 전에 4천 프랑을 직접 인출해 갔다. 모두 금화로 지급되었으며 은행 원으로 하여금 집까지 돈을 날라다 주었다.

미뇨 은행의 직원인 아돌프 르 봉은 다음과 같이 증언하고 있다. 그날 정오쯤 4천 프랑이 든 두 개의 돈 가방을 들고 레스파네 부인을 따라 집까지 갔다. 문이 열리자 레스파네 양이 나와 그에 게서 돈 가방 하나를 받아들었고, 나머지 하나는 부인이 받아들 었다. 인사를 하고 집을 나왔다. 그때 길에 인적이라고는 없었 다. 뒷골목이라서 매우 한적했다.

양복점 주인 윌리엄 버드 역시 집으로 들어간 사람들 중의 한 명인데, 다음과 같이 증언하고 있다. 그는 영국인으로 2년 전부 터 파리에서 살고 있으며, 사건 당시 이층으로 올라갔다. 방안 에서 들려오는 소리를 분명히 들었다고 한다. 굵고 낮은 목소리 는 프랑스어였다. 몇 마디는 알아들을 수 있었지만 모두다 기억 이 나는 것은 아니다. '저런!', '지독한 놈!'은 똑똑히 들었다. 동 시에 여러 사람이 어울려 싸우는 것 같은 소리가 들렸는데, 할퀴 고 치고 박는 소리였다. 날카로운 소리는 아주 크게 들렸는데, 굵고 낮은 목소리보다 훨씬 컸다. 그 소리가 영어가 아닌 것만은 확실했다. 독일어 같기도 했다. 여자 목소리였을지도 모르겠다. 독일어는 모른다.

위의 증인들 가운데 네 명이 다시 소환되어 증언한 내용은 다음과 같다. 레스파네 양의 시체가 발견된 그 방문 앞에 도착했을 때 방문은 안으로 잠겨져 있었으며 방안은 매우 조용했는데, 신음 소리나 그 외의 어떤 소리도 들리지 않았다. 문을 따고 들어갔을 때 인기척은 전혀 없었고, 앞뒤 창문은 모두 내려진 채 안으로 단단히 잠겨져 있었다. 옆방과 연결되는 방문은 닫혀 있었지만 잠겨져 있지는 않았다. 앞방에서 복도로 통하는 방문은 열쇠가 안으로 잠겨져 있었다. 4층 복도 끝의 건물 앞쪽으로 나 있는 조그만 방의 문은 약간 열려 있었다. 이 방은 낡은 침대와 상자를 비롯한 온갖 잡동사니들이 가득 들어차 있었는데 모두 들어내면서 살펴보았다. 집안 구석구석 샅샅이 살펴보지 않은 곳이 없었다. 굴뚝은 스위프(굴뚝을 청소하는 원통 모양의 솔)를 이용해 살펴보았다. 이 집은 4층 건물로 다락방이 있었고, 천장에 나 있는 끈으로 여닫는 창문은 단단하게 못질이 되어 있어 몇 년 동안 한번도 열어보지 않은 것 같았다. 다투는 소리를 들은 뒤 문을 따기까지의 시간에 대한 증인들의 진술은 다양했다. 3분이라 하기도 하고 5분이라 하기도 했는데,

문은 좀처럼 열리지 않았다고 했다.

장의사인 알폰소 가르시오의 증언은 다음과 같다. 그는 모르그 가에 사는 스페인 출신으로, 사건 당시 집 안으로 들어갔지만 위층으로 올라가지는 않았었다. 신경이 예민해서 흥분하면 몸에 좋지 않기 때문이었다. 안에서 다투는 소리를 들었는데, 굵은 목소리는 프랑스인의 소리 같았지만 내용은 알 수가 없었다. 날카로운 소리는 영어였는데 이것은 분명하다고 확신했다. 영어를 모르지만 억양으로 보아 그렇게 판단했다.

제과점 주인인 알베르토 몬타니의 증언은 다음과 같다. 그는 앞장서서 계단을 올라간 사람 중의 한 명이었다. 그도 문제의 그 소리를 들었는데 굵은 목소리는 프랑스인의 소리로, 몇 마디는 알아들었다. 그것은 달래는 듯한 소리였다. 날카로운 소리는 무슨 말인지 알아들을 수 없었는데, 빠르면서도 들뜬 소리였다. 러시아어 같기도 했다. 나머지 내용은 다른 증언과 대체로 같았다. 증인은 이탈리아인이고, 러시아 사람과 이야기해본 적은 한번도 없었다.

다시 몇 명의 증인이 소환되어 증언한 내용은 다음과 같다. 4층의 모든 굴뚝은 너무 좁아서 사람이 지나다닐 수 없었다. 스위프로 집 안의 모든 굴뚝들을 다 쑤셔보았다. 계단을 올라가는 사람들을 피해 아래로 내려올 수 있는 건물 뒤편의 통로 같은 것은 전혀 없었다. 레스파네 양의 시신은 굴뚝 속으로 꽉 끼워져 있었기 때문에 너댓 명의 사람들이 힘을 합쳐 겨우 아래로 끌어내릴 수 있었다.

내과 의사인 폴 뒤마의 증언은 다음과 같다. 동이 틀 무렵에 호출을 받고 검시를 하러 갔다. 두 구의 시체는 레스파네 양이 발견된 그 방의 침대받침용 시트 위에 놓여져 있었다. 레스파네 양의 시신은 심하게 멍이 들어 있었고 찰과상이 있었는데, 누군가가 굴뚝 속으로 구겨 넣었다는 것을 분명하게 뒷받침해 주는 상처였다. 목은 심하게 쓸려 속살이 드러나 있었다. 턱 바로 아래 부위에 깊게 패인 상처가 몇 군데 있었고, 손가락으로 눌린 것이 분명한 시퍼런 얼룩들도 나 있었다. 안색은 무서울 정도로 변해 있었고, 눈은 튀어나와 있었다. 혀는 깨물린 채 일부가 잘려 있었다. 명치 부위에 커다란 멍이 있었는데, 무릎으로 눌린 것 같았다. 뒤마 씨는 범인이 한 명 혹은 그 이상인지는 모르겠지만 아무튼 레스파네 양은 목이 졸려 죽었다고 말했다. 레스파네 부인의 시신은 무참하게 난도질이 되어 있었다. 오른쪽 다리와 팔뼈는 여러 군데가 부러져 있었다. 왼쪽 갈비뼈 전부와 왼쪽 정강이뼈는 심하게 바스라져 있었다. 전신에 심한 타박상이 나 있었으며 변색되어 있었다. 어떤 방법으로 가해를 했는지는 알 수가 없었다. 크고 무거운 몽둥이, 굵은 철봉 혹은 의자 같은 무게가 나가는 커다란 둔기를 아주 힘센 남자가 마구 휘둘렀을 때 나올 수 있는 결과였다. 여성의 힘으로는 어떤 흉기를 휘둘러도 이런 결과는 나오기 어렵다. 증인이 검시를 했을 때 완전히 몸에서 떨어져 나가 있던 시신의 머리 역시 아주 심하게 부서져 있었다. 목은 분명히 아주 예리한 흉기에 의해서 잘려나가 있었는데, 그 흉기는 면도칼로 추정된다.

뒤마 씨와 함께 소환되어 검시에 참여한 외과 의사 알렉산드르 에띠엥 역시 뒤마 씨와 견해를 같이했다.

그 외에도 많은 사람들이 소환되어 조사를 받았으나, 새로운 사실은 나오지 않았다. 파리에서 일어난 살인사건 중 이처럼 끔찍하며 수수께끼 같은 살인사건은 없었다―정말로 살인사건이 맞다고 한다면 말이다―. 이 살인사건의 성격이 아주 특이한 면이 있다고는 하나 경찰들까지도 완전히 속수무책인 상태다. 아주 조그만 단서조차도 찾아내지 못하고 있다."

이 저녁신문은 상로스 거리는 여전히 흥분이 가라앉지 않고 있으며, 사건이 일어난 건물에 대한 신중한 조사와 새로운 증언에도 불구하고 아무런 단서도 발견하지 못했다고 보도했다. 하지만 이 기사에 덧붙여 아돌프 르 봉이 체포되어 수감되었다고 전하고 있었는데, 사실 이미 밝혀진 사실 외에 그에게 혐의를 둘 만한 근거는 전혀 없는 것 같았다.

뒤팡은 이 사건의 추이에 깊은 관심을 가지고 있는 것 같았다. 나에게는 일체 언급하지 않았지만, 적어도 그의 태도만으로도 짐작할 수 있었다. 아돌프 르 봉이 체포되었다는 기사가 나온 뒤에서야, 뒤팡은 이 살인사건에 대한 나의 의견을 물어왔다.

이 사건이 도저히 실마리를 잡을 수 없는 수수께끼 같은 사건으로 느껴지는 것은 나 역시 모든 파리 사람들과 마찬가지일 수밖에 없었다. 살인범을 찾아낼 만한 아무런 방법도 떠오르지 않았다.

"이런 껍데기 수사로는 당연히 아무런 방법도 찾을 수 없지. 파리 경찰은 아주 날카롭고 민첩하다고 정평이 나 있기는 하지만, 사실은 잔머리나 굴리고 있는 게 전부거든. 그들의 수사는 기본이 안 되어 있어. 다만 그때그때 임기응변으로 대응하는 것에 불과해. 그들은 온갖 수사 기법을 펼쳐 보이지만 해당 사건과 전혀 맞지 않는 경우가 적지 않은데, 조르당 씨(몰리에르의 희극 《벼락신사》의 주인공, 벼락부자가 된 한 사나이가 교양을 익히면서 벌어지는 우스꽝스러운 이야기)가 '실내복을 좀 가져

오게. 음악이 더 잘 들릴 수 있게 말이야 하는 식의 턱없는 말이 생각나도록 한다네. 가끔은 놀랄 만한 성과를 올리는 경우도 있지만 그것도 대부분의 경우는 그저 꾸준히 달라붙어 수사한 결과일 뿐이지. 꾸준히 해도 안 되는 경우는 사건 해결이 요원해지는 거지.

비독의 경우를 보면, 육감도 좋고 끈기도 있는 인물이지만 논리적 사고의 훈련이 되어 있지 않아 수사를 철저히 하면 할수록 계속해서 실패만 했던 거라네. 그는 사건을 너무 가까이 들여다보려 하기 때문에 오히려 제대로 보지 못했던 거야. 그렇게 하면 한두 가지 정도야 훨씬 눈에 잘 들어오겠지만, 전체를 보지 못하게 되거든. 진리가 항상 우물 속 깊이 있는 것은 아니라네. 보다 중요한 지식들을 보더라도 사실 진리는 언제나 우리 눈에 보이는 곳에 있다고 나는 믿는다네. 우리가 진리를 찾고 있는 곳은 깊은 골짜기지만, 진리가 드러나는 곳은 산꼭대기란 말일세. 이런 종류의 오류의 방식과 원인은 하늘의 별을 바라볼 때 아주 전형적으로 나타난다고 할 수 있지. 별을 흘깃 곁눈질로 볼 때, 즉 망막의 가장자리 부분─이 부분이 안쪽보다 여린 빛에 더 민감하게 반응한다─으로 별을 쳐다볼 때 별빛이 보다 분명하게 보이는데, 이래야 별빛의 밝기를 제대로 알 수가 있거든. 별을 똑바로 쳐다보면 볼수록 별빛은 더 흐리게 보이기 때문이지. 별을 똑바로 쳐다보면 별빛이야 더 많이 우리 눈에 들어오겠지만, 별을 곁눈질로 쳐다볼 때 오히려 별빛의 형체가 잘 보이는 법이란 말일세. 마찬가지로 생각도 너무 깊게 하다 보면 오히려 혼란스러워지면서 초점을 놓쳐버리게 되지. 예를 들어 그 밝은 금성조차도 너무 지나치게 오랫동안 집중적으로 쳐다보거나 똑바로 쳐다보면 하늘에서 사라져버리고 안 보일 때가 있다네.

우리 이번 살인사건을 한번 조사해 보는 게 어떻겠나. 그러고 난 뒤 서로의 의견을 나누기로 하는 걸세. 재미있는 조사가 될 것 같은데 말일세—이런 경우를 '재미있다'라고 말하는 그가 좀 이상했지만 나는 아무 말 하지 않고 그냥 넘어갔다—. 게다가 지난번 르 봉에게 신세진 것도 있어 그냥 지나치기도 그렇고. 우리 그 집을 직접 한번 보고 오지 않겠나? 경찰국장인 G와는 아는 사이니까 출입허가를 받는 데 전혀 어려움은 없을 걸세."

우리는 곧바로 허가를 얻어 모르그 가로 향했다. 그곳은 리슐리 가와 상로스 가 사이에 있는 볼품없는 거리였다. 우리가 거주하는 지역으로부터 상당히 떨어져 있었기 때문에 도착했을 때는 이미 해가 기울어 있었다. 집은 쉽게 찾을 수 있었다. 아직도 구경하기 좋아하는 많은 사람들이 길 건너편에서 닫혀진 덧문을 올려다보고 있었다. 그 집은 전형적인 파리풍風 건물이었다. 현관이 있고, 현관 한쪽 옆에는 유리가 달린 창이 있으며, 창에는 여닫이문이 있어 경비실이라는 것을 알 수 있었다. 집 안으로 들어가기 전에 우리는 거리를 곧장 걷다가 골목길로 접어들었고 다시 한 번 길을 꺾어 건물 뒷길을 지났는데, 뒤팽은 그 동안 건물과 그 주변 일대를 주의 깊게 살피고 있었지만, 나는 특별히 눈에 들어오는 것이 없었다.

우리는 다시 건물 앞으로 되돌아나와 초인종을 누르고 현장을 감시중인 경관에게 허가증을 내보인 뒤 건물 안으로 들어갔다. 우리는 위로 올라가 레스파네 양의 시신이 발견된 방으로 들어섰는데, 그곳에는 두 구의 시신이 여전히 그대로 놓여 있었다. 수사의 관행대로 방은 어지럽게 널브러진 채 그대로 보존되고 있었다. 《가제트 데 트리뷔노》지에서 본 기사 내용 이상의 특별한 점은 전혀 없어 보였다. 뒤팽은 모든 것을 자세히 살펴보았다. 피해자의 시신들도 물론이었다. 그런 후에 다른 방들을 거쳐서 뜰로 나왔는데, 경관 한 명이 줄곧 우리를 따라다녔다. 이것저것 살피다 보니 어느새 어두워져 있었고, 우리는 그 곳을 떠났다. 돌아오는 길에 뒤팽은 어느 일간지 신문사에 잠시 들렀다.

뒤팽 이 친구의 변덕이란 종잡을 수가 없는데, 프랑스어로 말하자면 딱 'Je les ménageais(걷잡을 수 없다)'이겠지만 영어에는 이 문구의 뜻과 부합하는 적당한 어구가 없다. 이번에는 또 무슨 변덕인지 다음날 정오가 다 될 때까지 이번 살인사건에 관해서는 전혀 말하고 싶지 않다는 듯이 입을 꾹 다물고 있었다. 그러다 불쑥 그 참혹한 현장에서 무언가 특이한 것을 보지 못했느냐고 내게 물어왔다. '특이한'이라는 말을 강조하는 그의 말투에서 이상한 느낌이 들어 나도 모르게 몸에 소름이 돋았다.

"아니, 특이한 것이라고는 아무것도 보지 못했네. 적어도 우리가 본 신문 기사 그 이상은 말일세."

"《가제트》지는 말일세, 내가 걱정하는 것은 사건이 그렇게 참혹한 이유에 대해서는 별 분석이 없다는 거야. 하기야 태평한 신문의 견해야 있으나 마나 이지만 말일세. 내가 보기에는 이번 사건이 미궁에 빠질 것 같기도 하지만 한편으론 쉽게 해결될 수도 있을 것 같은데, 해결이 불가능한 것처럼 보이게 하는 그 이유가 사실은 해결의 열쇠가 될 수 있다는 걸세. 그 이유란 바로 사건이 무척 참혹하다는 것이라네. 경찰들은 사건의 동기를 못 찾아 우왕좌왕하고 있는데, 내 말은 살해 그 자체의 동기가 아니라 왜 그렇게 참혹하게 살해를 했어야 했느냐 하는 동기를 말하는 걸세. 경찰이 또 헷갈리고 있는 한 가지는, 위층에서 다투는 소리를 들었는데 올라가 보니 살해당한 레스파네 양 외에는 아무도 없었다는 점과, 누군가가 있었다면 충계를 올라오는 사람들에게 들키지 않고 빠져나갈 방법이 전혀 없었다는 사실이 서로 앞뒤가 맞지 않는 것이라네. 방이 엄청 어질러져 있었다는 점, 레스파네 양의 시신이 굴뚝 속에 박혀 있었던 점, 레스파네 부인이 끔찍하게 난자 당했다는 점, 이런 점들이 방금 내가 말한 사실들과 또 굳이 언급할 필요도 없는 여러 가지 면들과 뒤엉켜 버리는 바람에, 예리함을 자랑하는 경찰력도 뭐가 뭔지 완전히 뒤죽박죽되어 무기력해진 것일세. 이들은 평소와 조금만 달라도 아주 어렵게 생각해 버리는 흔히 있는 실수를 저지르고 있지만, 이게 바로 중대한 잘못이라는 거지.

하지만 어쨌든 이성이 진리를 찾으려면 이러한 평범한 생각의 궤도에서 벗어나야 되는 것이니까. 우리가 지금 하고 있는 조사에서는 '무엇이 일어났는가' 보다는 '일어난 것 중에 지금까지 전혀 전례가 없었던 것은 무엇인가' 하는 의문을 가져야 하는 거라네. 내가 이 사건을 반드시 해결하게 되겠지만, 아니 벌써 해결했다고 할 수 있을지도 모르겠지만, 아무튼 그 방안이라는 것은 경찰이 해결 불가능하다고 생각하는 것과는 정반대로 너무나 단순하다네."

나는 어안이 벙벙한 상태로 그를 바라만 보고 있었다.

"나는 기다리고 있는 중이라네."

뒤팡은 방문 쪽을 바라보며 말을 이었다.

"아마 이 참혹한 살인을 직접 저지르지는 않았겠지만, 어느 정도는 관련 있는 것이 틀림없는 한 사내를 기다리고 있는 중이지. 그는 이 범죄의 마지막 살해 단계에는 관여하지 않았을 가능성이 있어. 이런 내 추측이 맞아야 하는데 말일세. 그래야만 거기서부터 이 수수께끼 같은 사건을 풀어나갈 수 있게 되거든. 그자는 언제든 이 방에 나타날 수 있어. 사실 나타나지 않을 수도 있겠지. 그러나 온다고 보는 편이 맞을 거야. 만약 그가 나타난다면 반드시 잡아두어야 하네. 여기 권총이 있어. 이걸 써야만 할 경우에 사용하는 방법이야 말 안 해도 알고 있을 테고."

내가 지금 무슨 짓을 하고 있는지, 그리고 그의 말이 무슨 뜻인지도 모르면서 나는 그가 건네는 권총을 받아들었다. 뒤팡은 계속해서 말을 했지만, 혼자서 중얼거리는 듯한 모습이었다. 일전에 이럴 때 그는 멍한 모습이 된다고 말했던 것처럼 말은 나에게 하고 있었지만 별로 크지 않은 그의 목소리는 마치 멀리 떨어져 있는 사람에게 이야기하는 듯했고, 두 눈은 멍하니 벽만 응시하고 있었다.

"층계를 올라가던 사람들이 들었다던 다투는 목소리가 피해자인 여자들 목소리는 아니었음이 증언들을 통해서 충분히 입증이 되었네. 이 사실로 레스파네 부인이 딸을 먼저 살해한 후에 자신도 스스로 목숨을 끊었을지도 모른다는 의문은 깨끗이 사라졌다고 하겠지. 내가 이 이야기를 하는 것은 논리적으로 분석해 보자는 거라네. 레스파네 부인의 기력으로 딸의 시신을 굴뚝 속에 쑤셔 넣는 것은 도저히 불가능한 것 같고, 부인의 몸에 난 상처들로 보아서는 스스로 그렇게 자해했다는 것 역시 말도 안 되는 이야기겠지. 그러면 제삼자인 누군가에 의해서 살해되었다는 것이고, 그러면 그 다투던 목소리는 바로 제삼자의 목소리라는 이야기가 되는 거지. 여기서 잠깐 살펴볼 것이 있네. 목소리와 관련된 증언 모두를 다시 살펴보자는 것이 아니라, 그 증언에 나타난 특이한 점을 살펴보자는 것일세. 자네는 증언에서 뭔가 특이한 점이 보이지 않던가?"

굵고 낮은 목소리는 증인들 모두가 프랑스어라고 일치된 추측을 하는 반면, 날카로운 목소리에 대해서는 견해가 상당히 달랐고, 한 증인은 날카롭기보다는 거친 목소리라고 말한 점을 나는 지적했다.

"그것은 증언 그 자체일 뿐이지, 증언에 나타난 특이한 점은 아니지 않나. 자네는 특이한 점을 전혀 보지 못했던 것 같은데, 사실은 유의할 만한 점이 있었네. 자네 말대로 굵고 낮은 목소리에 대해서는 증인들이 같은 의견이었지, 만장일치로 말일세. 그러나 날카로운 소리에 대해서는 특이한 점이 있는데 그것은 서로 의견이 달랐다는 단순한 사실이 아니라, 이탈리아인, 영국인, 스페인 사람, 네덜란드 사람, 그리고 프랑스인 모두가 그 소리를 '외국인'의 목소리라고 말한 점이라네. 모두들 자기 나라 사람의 목소리가 아니었다고 단정하고 있는 것이지. 하나같이 그 목소리가 자기가 잘 알고 있는 나라의 언어가 아니라, 전혀 모르는 언어인 것 같다고 증언했단 말일세.

프랑스인은 스페인어라고 추측을 하면서도, 자기가 '스페인어를 알고 있었더라면' 몇 마디는 알아들었을 거라고 했네. 네덜란드 사람은 프랑스어라고 주장하면서도, 그는 '프랑스어를 모르기 때문에 통역을 통해 조사받았다'고 하고 있네. 영국인은 독일어라고 해놓고는, 자기는 '독일어를 모른다'고 했지. 스페인 사람은 영어라고 '확신한다'고 하면서도 사실은 '영어를 전혀 모르기 때문에 억양으로 판단'한 거라고 하고 있네. 이탈리아인은 러시아어라고 믿지만, 자신은 정작 '러시아인과는 한번도 대화를 해본 적이 없다'는 것이지. 게다가 다른 프랑스인은 첫 번째 프랑스인과는 달리 이탈리아어라고 하고 있지만, 자신은 '이탈리아어를 모르고' 앞서의 스페인 사람과 같이 단지 '억양을 보니까 그런 생각이 들었다'라고 하고 있지.

이렇게 가지각색의 증언이 나온 것을 보면, 그 소리가 무척이나 기이한 소리였다는 것이 틀림없네! 유럽을 대표하는 다섯 국가의 시민 중에 누구도 알아들을 수 없는 소리라니 당연하지 않겠는가! 자네는 아시아 사람이나 아프리카 사람의 목소리일 수도 있지 않겠느냐는 의문을 갖을 걸세. 그러나 아시아인이나 아프리카 사람은 파리에 매우 드물지 않네. 그렇지만 일단 그런 추측도 염두에 두면서, 자네에게 세 가지만 유념을 시키고 싶네. 한 증인은 그 목소리가 '날카롭다기보다는 거칠었다'라고 한 점, 다른 증인들은 '빠르면서도 들뜬' 목소리였다고 한 점, 그리고 어떤 말도―아니 말이라기보다는 소리라고 해야겠지―증인들로서는 알아들을 수 없었다는 점일세.

지금까지의 내 말을 자네가 어떻게 이해하고 있는지는 잘 모르겠지만, 거리낌없이 말할 수 있는 것은 이 부분의 증언―굵고 낮은 목소리와 날카로운 목소리에 관련된 부분―에 대한 본격적인 추론만으로도 이 수수께끼 같은 사건의 전체적인 조사 방향을 제시해 줄 혐의점을 충분히 찾아낼 수 있다는 것일세. 내가

'본격적인 추론'이라고 했지만, 이것만으로는 그 의미가 충분히 이해되지 않을 걸세. 그 뜻은 혐의점에 도달할 수 있는 유일한 추론방식이라는 것이고, 따라서 당연히 그 결과로 혐의점은 드러나게 되어 있다는 것이네. 그렇지만 그 혐의점이 무엇인가에 대해서는 지금은 말할 수가 없네. 그러나 분명한 것은 그 혐의점으로 인해 내가 그 방을 조사하는 데 있어서의 분명한 방식—일련의 조사 체계라고 할 수 있는—을 자연스럽게 정립할 수 있게 되었다는 점일세.

우리가 지금 그 방에 와 있다고 생각을 해보세. 여기서 우리는 무엇부터 찾아보아야 할까? 살인범이 건물을 빠져나간 방법이 무엇이냐 하는 것이네. 자네나 나나 초자연적인 현상은 믿지 않는다고 해도 무방하겠지. 그러면 레스파네 모녀가 악령惡靈에게 살해된 것은 아니지. 살인범은 분명히 실체를 가진 존재이고, 따라서 빠져나간 것 역시 그 흔적이 있기 마련이지. 그러면 과연 어떻게 빠져나갔다는 것일까? 다행히도 이 점에 관해서는 단 한 가지의 추론방법이 있을 뿐이며 그 추론으로 반드시 명확한 결론을 얻을 수 있다네. 자, 빠져나간 방법을 하나씩 차례대로 살펴보기로 하세. 사람들이 층계를 올라갈 때, 살인범은 레스파네 양이 발견된 방에 있었거나 아니면 적어도 그 옆방에 있었던 것이 분명하네. 그러면 우리가 찾아보아야 할 출구는 오직 이 두 방안에 있다는 거지. 경찰은 바닥과 천장, 그리고 돌로 된 벽까지도 샅샅이 뜯어보았네. 아무리 은밀한 출구라도 있었다면 경찰의 눈을 벗어나진 못했겠지. 그러나 그들을 믿을 수 없는 나로서는 직접 살펴보았지. 역시 비밀출구는 어디에도 없었네. 복도로 나가는 두 방문은 안으로부터 열쇠로 단단히 잠겨 있었네.

이번에는 굴뚝을 살펴보기로 하세. 벽난로 위로 약 10피트까지는 보통의 폭이었지만, 그 위로는 덩치 큰 고양이 정도도 지나갈 수 없을 만큼 좁았네. 따라서 지금까지 언급한 것들로는 탈출이 완전히 불가능하고, 이번에는 창문을 살펴보기로 하세. 앞방에 있는 창문으로 빠져나갔다면 반드시 길에 있던 사람들에게 발각되었을 걸세. 따라서 살인범은 뒷방 창문을 통해 빠져나간 게 틀림없네.

이처럼 분명한 결론에 도달한 이상은, 불가능해 보인다고 그 결론을 내던져버리고 포기하는 것은 추리가를 자처하는 우리들로서는 있을 수 없는 일이겠지. 우리가 해야만 할 일은 이처럼 불가능해 보이는 것이 사실은 불가능한 것이 아니라는 사실을 밝혀내는 것이지.

그 방에는 두 개의 창문이 있네. 하나는 창 전체를 다 내다볼 수 있지만, 다른 창 하나는 아랫부분에 큼지막한 침대 받침대의 머리부분이 밀착해 있기 때문에 윗부분만 나와 있네. 처음 창문은 안으로부터 단단히 잠겨져 있었고, 몇 사람이 힘을 합쳐 들어 올리려 했지만 꼼짝도 하지 않았네. 왼편 창틀에 커다란 송곳 구멍이 있었고, 거기에 굉장히 단단한 못이 거의 머리끝까지 박혀 있었네. 다른 창문도 살펴보니 못으로 비슷하게 박아두었더군. 이 창문도 들어올리려고 안간힘을 써보았지만 역시 꼼짝도 하지 않았네. 이래서 경찰은 창문으로는 빠져나갔을 리 없다고 단정해 버린 거지. 그러니 못을 뽑고 창문을 열고 하는 일은 당연히 그들의 소관이 아니라 생각하고 내버려두었던 것이지.

나는 경찰보다 더 면밀하게 조사했는데, 지금까지 이야기한 그 이유 때문이지. 즉 겉으로 불가능해 보이는 것이 실제로는 그렇지 않음을 입증하는 것이 바로 이 사건의 해결 단서라는 것을 나는 알고 있기 때문이네.

나는 귀납적으로 추론해 나갔네. 살인범이 이 두 개의 창문 중 어느 하나로 빠져나간 게 틀림없는데, 그렇다면 발견된 그 모습대로 창문을 안에서 다시 단단하게 닫았다는 것은 있을 수 없는 일이거든. 너무나 분명한 것 같은 이런 생각 때문에 경찰은 이 부분에 대한 조사를 중지해 버렸지. 어쨌든 창문은 단단하게 닫혀 있었으니까. 그렇다면, 창문은 틀림없이 자동으로 닫히도록 장치가 되어 있어야 한다는 추론이고, 이것 외에는 어떤 결론도 있을 수 없겠지.

나는 전체를 내다볼 수 있는 창문으로 가서 힘들게 못을 뽑고 창틀을 들어올리려 해보았지만, 예상한대로 꼼짝도 하지 않더군. 그래서 어딘가에 반드시 용수철 장치가 있다는 것을 알았지. 이렇게 내 생각이 맞아떨어지자 적어도 내 추론의 출발점은 옳았다는 확신이 생겼네. 비록 못에 관해서는 아직도 풀어야 할 것들이 남아 있었지만 말일세. 자세히 살펴보니 곧 숨겨진 용수철이 눈에 보이더군. 그것을 눌러보기는 했지만 찾은 것만으로도 만족했기 때문에 창틀은 올려보지 않고 그냥 두었네.

나는 못을 다시 제자리에 꽂고 그것을 자세히 보았네. 이 창문을 통해 사람이 나갔다면 다시 창을 닫았다는 것이고, 그러면서 용수철도 걸렸을 수 있겠지. 그러나 못을 다시 제자리에 꽂는다는 것은 전혀 불가능한 일이거든. 이 결론은 너무나 명백해서 내 조사의 범위도 한층 좁혀졌네. 즉 살인범은 이 창문이 아닌 다른 창문으로 빠져나간 게 틀림없다는 것이지. 그리고 양쪽 창틀의 용수철이 같다면—그럴 가능성이 많지만—그때는 틀림없이 못이 서로 다르거나, 아니면 적어도 못이 박혀 있는 방식이 달라야만 하겠지.

　나는 침대받침틀을 덮고 있는 요 위에 올라가 받침대 머리 너머로 두 번째 창문을 자세히 살펴보았네. 침대 머리 뒤로 손을 넣어 보니 과연 용수철이 있더군. 눌러본 결과 예상대로 앞의 창문 것과 똑같았네. 못을 살펴보니 단단한 것도 그렇고 끝까지 깊숙이 박혀 있는 것까지 앞의 것과 똑같았네.

　여기서 자네는 내가 당황했을 거라고 말할지 모르겠지만, 그런 생각이라면 자네는 귀납법적 논리의 본질을 잘못 생각했던 것이 분명하네. 사냥에서 말하는 그 '냄새'를 나는 한 번도 놓친 적이 없다네. 나는 단 한 번의 실수도 하지 않고 그 냄새를 추적해 온 거라 이거네. 지금까지의 나의 논리적 추론 그 어디에도 오류는 없었다는 말이지. 그리하여 마침내 그 비밀의 끝을 찾아냈고, 그것이 바로 이 '못'이었네.

　이 못이 다른 창문의 못과 모든 면에서 똑같아 보였던 것은 사실이네. 따라서 이 사실이 마치 결정적인 것처럼 보여, 여기서 과연 해결의 단서가 끝나버리는 것일까 생각했지만 절대 그럴 리는 없었네. '이 못 어딘가에 분명히 다른 점이 있을 것이다' 라고 생각했던 것이지. 그래서 못을 잡아 당겨 보니까 4분의 1인치 정도의 못이 머리와 함께 빠져 나왔고, 나머지는 부분은 부러진 채 구멍에 그대로 박혀 있었네. 부러진 것은 상당히 오래 전에—부러진 곳이 녹이 쓸어 있었으므로—망치로 박으면서 부러진 것 같았네. 왜냐하면 못의 머리가 아래 창틀 속으로 제법 패여 들어가 있었거든. 나는 머리부분을 구멍에다가 다시 집어넣어 보았지. 겉보기에는 완전한 못처럼 보였네. 부러진 곳이 전혀 보이지 않았으니까 말일세. 용수철을 눌러 창틀을 살며시 몇 인치 들어올려 보았더니, 못은 창틀 구멍에 꽂힌 그대로 같이 올라갔네. 창문을 다시 닫으니 못은 감쪽같이 완전한 못으로 보이더군.

이렇게 해서 지금까지의 수수께끼는 풀렸네. 살인범은 침대 머리맡의 창문을 통해 빠져나간 거지. 범인이 나가면서 창문이 저절로 닫혔든, 아니면 직접 닫았든, 어쨌든 창문은 용수철에 의해 단단히 닫혀 있었던 것일세. 그런데 경찰은 용수철로 닫혀 있는 것을 모르고 못으로 고정되어 있는 것이라고 잘못 생각했던 거라네. 그러니 그 이후의 조사야 당연히 필요 없다고 생각했던 것이지.

이 다음의 문제는 건물 아래로 내려가는 방법이네. 이 문제에 대해서는 자네와 함께 건물을 돌아볼 때 이미 충분히 파악해 두었다네. 그 문제의 창문에서 약 5피트 반 인치 정도 떨어진 곳에 피뢰침이 하나 있었네. 이 피뢰침에서 창문 안으로 들어가는 것은 고사하고, 창문에 손이 닿는 것조차도 불가능했을 것일세. 하지만 4층의 각 창의 덧문은 아주 특별한 종류였는데, 파리의 목수들이 '페라드'라고 부르는 것으로 요즘은 거의 사용되지 않고 있지만 리옹이나 보르도의 유서 깊은 저택에서는 흔히 볼 수 있는 종류라네. 덧문은 아주 평범한 문—접히게 되어 있는 것이 아니라 단 하나로 된 문—이지만, 아래 반쪽은 격자 모양으로 되어 있어 손으로 붙잡기에는 너무나 안성맞춤이라는 점이 독특했지.

지금 이 덧문들의 폭은 3피트 반은 충분히 되네. 우리가 건물 뒤편에서 보았을 때는 둘 다 반쯤 열려 있었지. 다시 말해서, 건물 벽과 덧문들이 직각을 이루고 있었다는 거라네. 나와 마찬가지로 경찰도 건물 뒤편을 조사했을 걸세. 하지만 경찰은 직각으로 열려 있는 이 페라드의 가장자리를 정면으로 보는 바람에—그렇게 했던 것이 틀림없겠지만—그 폭이 그렇게 넓다는 것을 간과해 버렸거나, 아니면 그 폭을 알았다고 하더라도 그것을 사건의 단서로 고려하지 않았던 거지. 사실, 이곳으로 빠져나간다는 것은 불가능하다고 이미 예단해 버렸기 때문에 여기에 대한 조사는 당연히 소홀해질 수밖에 없었던 것이겠지.

하지만 나는 침대 머리맡 쪽 창문의 덧문을 바짝 열어젖히면 피뢰침까지의 거리가 분명 2피트도 안 된다는 것을 알았지. 게

132

다가 용감하면서도 아주 비범한 몸놀림이라면 피뢰침에서 창문 안으로 뛰어드는 것도 충분히 가능하다는 생각이 들었네. 2피트 반만 손을 뻗치면―덧문이 활짝 열려 있다는 것을 전제로―범인 은 격자 부분을 붙잡을 수 있다는 이야기가 되지. 그러면 그는 발을 벽에다 댄 다음 피뢰침을 잡고 있던 손을 놓으면서 발로 벽 을 차 덧문을 잡는다면, 그 힘으로 덧문이 닫히게 되는데 그때 창 문이 열려 있었다면 그는 방안으로 능히 뛰어들 수 있었겠지.

아주 비범한 몸놀림이 아니면 그토록 위험하고 어려운 곡예를 성공적으로 해낼 수 없다는 사실을 특히 유념해 주었으면 좋겠 네. 우선은 이런 일이 불가능하지 않다는 것을 자네에게 보여주 고자 하는 것이 내 의도이지만, 그 다음은―사실은 이것이 보다 중요한 것이네만―거의 초인적이라 할 수 있는 민첩성으로 그것 을 해낸 '너무나도 비범한 그 운동 능력'을 자네 마음속에 각인 시켜 주고 싶은 거라네.

자네는 틀림없이 법률용어를 써가며 말하겠지. '내 주장을 입 증하기 위한 목적이라면' 그 행위에 필요한 운동 능력이 어느 정 도인가를 있는 그대로 전부 제시하기보다는 오히려 그보다 줄여 서 제시하는 게 당연한 것 아니냐고 말일세. 법률문제라면 그게 당연하겠지만, 논리적 추론에서는 그렇게 해서는 안 되지. 나의 궁극적인 목적은 진실을 찾아내는 것이니까 말일세. 내가 지금 말하고자 하는 목적은 방금 말한 '그처럼 아주 비범한 몸놀림'과, 어느 나라 말인지에 대해서 그 누구도 견해가 일치하지 않았으며 도저히 단 한마디도 사람의 언어라고 할 수 없는 '날카로우면서도—혹은 거칠면서도—들뜬 아주 기이한 소리'를 자네로 하여금 결부시켜 잘 생각해 보게 하려는 것이네."

이 말을 듣자 뒤팡이 하고자 하는 말뜻이 언뜻 머리를 스치는 것 같기도 했다. 알 것 같으면서도 뚜렷하게 감은 잡히지 않는, 마치 무언가가 기억이 날 듯 말 듯 하다가 끝끝내 기억이 나지 않는 그런 상태였다. 뒤팡의 이야기는 계속해서 이어졌다.

"내가 지금 방을 빠져나가는 방법에서 들어오는 방법으로 화제를 돌렸는데, 그 의도는 두 행위가 똑같은 곳에서 똑같은 방법으로 이루어졌다는 것을 분명하게 인식시키기 위해서였네. 다시 방안으로 눈을 돌려보세. 그리고 방안의 모습을 한번 그려보세. 옷장 서랍에는 여전히 많은 옷가지들이 남아 있었는데도 범인이 옷장을 털어 갔다고 하고 있네. 이 결론은 불합리해. 이것은 단순한 추측일 뿐이지. 그것도 아주 멍청한 추측말이네.

서랍 속에 있는 물건들이 본래 그 속에 있던 물건 전부가 아니라는 것을 어떻게 장담할 수 있단 말인가? 레스파네 모녀는 아주 극단적인 은둔생활을 하고 있었네. 어울리는 사람도 전혀 없었고 외출도 거의 하지 않았으니까 옷을 자주 갈아입을 필요도 없었겠지. 서랍 속에서 발견된 물품들은 여인들이 가질 수 있는 것들 중에서는 최고급이었네. 도둑이 들었었다면 왜 최고급품을 그냥 놓아두었겠는가? 아니, 왜 모두 가져가지 않았을까? 한마디로, 옷가지를 한아름 가져 가면서 금화 4천 프랑을 내버려두고 갔다는 것이 말이나 되는가 말일세. 황금을 본 체 만 체했다 이거네. 은행가인 미뇨 씨가 말한 금액이 거의 고스란히 가방에 담겨 바닥에 뒹굴고 있었으니 말일세. 따라서 집 앞에서 직접 돈을 전해주었다는 증언 때문에 경찰들의 머릿속에 박혀버린 '범행 동기'에 대한 어줍잖은 판단은 자네 머리에서 지워버리길 바라네. 돈을 전해주고, 그것을 받은 사람이 사흘도 안 되어 살해되는 이런 우연이 일치하는 사건들은 우리의 일상에서 부지기수로 일어나고 있네. 다만 우리가 못보고 넘어갈 뿐이지만 말일세.

우연의 일치는 일반적으로 확률이론을 교육받지 못한 그런 지식층의 사색가에게는 커다란 장애물이지. 이 확률이론 덕분에 인간의 가장 영예로운 학문이 최고의 성과를 올리고 있기는 하지만 말일세. 이 사건에서 만약 금화가 사라졌다면, 그 돈이 사홀 전에 전달된 사실을 단순한 우연의 일치라고만 생각할 수는 없겠지. 즉 그때는 이 사실을 살해 동기로 보는 생각을 뒷받침한다고 해야겠지. 그러나 실제로 발생한 지금의 상황에서 만약 돈이 이 범행의 동기였다고 가정해 보면, 살해범은 손에 들어온 돈과 동기 모두를 포기해 버릴 정도로 너무나 소심한 바보천치였다는 생각 또한 하지 않을 수 없네.

자네의 주의를 환기시켰던 세 가지 사항, 즉 목소리가 아주 기괴했다는 점, 범인은 비범한 민첩성을 가지고 있다는 점, 그리고 이처럼 참혹한 살인사건에 범행 동기가 전혀 없다는 놀라운 사실을 계속 유념하면서 살해 행위 그 자체를 한번 생각해 보세.

한 여자가 목이 졸려 죽은 채로 거꾸로 굴뚝에 쑤셔 넣어졌네. 일반적으로 살인범들은 이런 짓을 하지 않네. 적어도 시체를 이런 식으로 처리하지는 않겠지. 시체를 굴뚝 속에 쑤셔 넣은 그 방법만 해도 '너무나 극단적'이라는 느낌이 들거네. 인간의 행위라고는 도저히 상상할 수 없는 그 무엇인가가 있다는 말이지. 범인이 아무리 잔학한 인간이라 해도 말일세. 여러 사람이 힘을 합쳐도 겨우겨우 빼내었을 정도로 그 좁은 구멍에 시체를 그렇게 억지로 쑤셔 넣을 정도라면 그 힘이 얼마나 대단했겠는가!

힘이 엄청나다는 것을 보여주는 다른 증거들을 보기로 하세.

벽난로 위에는 머리카락이 한줌 있었는데, 많은 양의 회색 머리칼이었지. 이 머리칼은 뿌리째 뽑혀 있었네. 스무 개에서 서른 개 정도의 머리칼이라도 한꺼번에 그렇게 뽑으려면 얼마나 힘이 드는지는 자네도 알겠지. 그 문제의 머리 뭉치는 자네도 나와 함께 보았지만, 그 뿌리에는—소름끼치는 장면이었어!—머리의 살점이 더덕더덕 붙어 있었지. 이것이 바로 수십만 개나 되는 머리칼을 단번에 뿌리째 뽑아 버린 그 엄청난 힘을 여실히 보여주는 증거인 거지.

노부인의 목은 단순히 칼에 베인 것이 아니라, 머리가 몸통에서 완전히 떨어져 나가 있었네. 흉기는 단지 면도칼에 불과했는데 말일세. 이런 행위들의 '야수적 잔인성'을 다시 한번 유념해 주기 바라네. 레스파네 부인의 몸에 있는 타박상에 대해서는 말하지 않겠네. 뒤마 씨와 유능한 조수인 에티엔 씨는 둔기에 의한 타박상이라고 했는데, 여기까지는 두 사람의 견해가 아주 정확하네. 그 둔기란 뜰에 깔려 있던 돌이었으며, 희생자는 침대 너머 창문으로 그곳에 떨어졌던 것이니까. 지금에 와서는 정말 간단해 보이는 생각이지만, 경찰은 덧문의 폭을 간과해 버렸던 것처럼 이것 역시 미처 생각하지 못했던 거지. 그 이유는 앞에서 말했던 것처럼 창문이 고정되어 있다는 선입견으로 인해 창문이 열렸을 가능성에 대해서는 아예 배제해 버린 거지.

이제 방금 거론한 이 모든 점들에 덧붙여, 이해가 되지 않을 정도로 방이 어질러져 있었던 사실, 놀라운 민첩성, 초인적인 괴력, 야수 같은 잔인성, 살해 동기가 없다는 점, 인간의 소행으로는 전혀 볼 수 없는 기괴한 참상, 그리고 여러 국가의 사람들이 하나같이 외국어라고 하면서 한음절도 알아들을 수 없는 소리였다고 한 사실들을 결부시켜 추론할 수 있는 단계에까지 이르렀네. 자, 그러면 어떤 결론이 나왔겠나? 내 이야기에서 자네는 어떤 감이 오지 않는가?'

뒤팽의 물음에 나는 온몸이 오싹해지는 것을 느꼈다.

"미치광이가 저지른 소행이구먼. 가까운 정신 병원에서 탈출한 흉악한 정신병자 말일세."

"어떤 면에서는 자네 말이 전혀 틀린 것도 아니네. 하지만 미치광이의 목소리는 제아무리 심한 발작 상태라 하더라도 그 층계에서 들렸던 이상한 소리와는 결코 같을 수 없다네. 미치광이역시 자기 나라가 있는 것이고, 그 나라 언어를 아무리 종잡을 수없는 소리로 지껄여댄다 해도 음절만큼은 이해가 되는 법이거든. 게다가 아무리 미치광이라 하더라도 내 손에 있는 이런 머리칼을 가진 자는 없다네. 레스파네 부인이 꽉 쥐고 있던 것을 조

금 빼왔네. 자넨 이게 무엇인 것 같나?'

나는 엄청나게 놀랐다.

"뒤팽! 정말 이상한 털인데, 사람의 털이 아니잖아."

"사람의 털이라고 하지는 않았네. 하지만 이 점에 대한 결론을 내리기 전에 이 종이에 그려 놓은 스케치를 한번 봐주기 바라네. 이것은 레스파네 양의 목에 난 '검은 타박상과 깊게 패인 손톱 자국' 이라는 증언과, 뒤마 씨와 에티엥 씨의 증언인 '손가락으로 눌러 생긴 것이 분명한 검푸른 얼룩들' 의 내용을 토대로 그린 그림을 그대로 베낀 것일세."

뒤팽은 앞의 탁자 위에 그림을 펼쳐 놓으며 계속 말했다.

"이 그림을 보면 아주 거세게 쥐었다는 것을 알 수 있지. 손가락이 미끄러진 자국은 조금도 없네. 모든 손가락이 처음 목을 파고들었을 때의 무서운 힘 그대로 유지되었는데, 피해자가 사망할 때까지 계속되었을 것 같네. 자, 그러면 자네의 손가락을 이 그림의 손가락에 올려 맞춰보게."

나는 그대로 해 보았지만 그림의 손가락과 맞지 않았다.

"어쩌면 이 방법이 잘못 되었을 수도 있겠어. 종이는 평평하게 펼쳐져 있지만 사람의 목은 둥근 원통 모양이니까 말일세. 여기 장작이 하나 있네. 굵기가 사람의 목 굵기만 하니까, 여기다가 그 종이를 둘러 다시 한번 해 보세나."

뒤팡의 말대로 해보았지만, 먼저보다 훨씬 더 어려웠다.

"이건 사람의 손자국이 아니군!"

뒤팡이 내 말을 듣자 책을 한 권 내밀었다.

"그럼, 퀴비에(프랑스의 동물학자)가 쓴 이 내용을 한번 읽어
보게나."

그 내용은 동인도 제도에 서식하고 있는 거대한 황갈색 오랑
우탄의 상세한 해부도와 함께 일반적 생태를 기술한 것이었다.
이 포유류의 거대한 몸집, 놀라운 힘과 운동 능력, 그리고 그 포
악성과 흉내 능력은 널리 알려져 있었다. 나는 이 무시무시한 살
인사건의 전모가 곧바로 이해되었다.

그 내용을 다 읽은 나는 말을 꺼냈다.

"손가락에 관한 설명이 이 그림과 정확히 일치하는군. 여기서
설명하고 있는 오랑우탄이 아니고는 자네가 그려온 그림의 움푹
들어간 손톱자국을 만들 수 없겠는걸. 이 황갈색의 털도 퀴비에
가 설명하고 있는 오랑우탄의 것과 꼭 같아 보이는군. 하지만 그
래도 이 끔찍한 사건이 속속들이 이해가 되지는 않네. 더구나 다
투는 두 사람의 목소리가 났고, 그 중 하나는 분명히 프랑스인의
목소리였다고 하지 않았는가."

"그랬지. 그러나 자네도 기억하겠지만, 증인들이 이 목소리에 대해 이견 없이 공통되게 들었다고 하는 말이 있지 않은가. 바로 '지독한 놈!' 말일세. 증인 중의 한 명—제과점 주인인 몽타니—은 꾸짖는 듯 하면서도 달래는 소리 같았다고 했는데, 그의 이 표현은 그때의 상황을 아주 적절하게 잘 나타내고 있는 말이라네. 따라서 나로서는 이 두 마디의 말에 수수께끼 같은 사건을 해결할 수 있는 희망을 걸고 있었던 거라네.

프랑스인 한 사람이 이 살인에 대해서 알고 있네. 어쩌면 그는 이 피비린내 나는 살육과는 전혀 무관할지도 모른다네. 아니, 관계가 없는 것이 거의 확실하네. 그 오랑우탄은 그에게서 달아났을 가능성이 많네. 그가 오랑우탄을 쫓아 그 방까지 갔을 테고. 그런데 그 소동이 벌어지는 바람에 다시 붙잡을 수는 없었겠지. 오랑우탄은 여전히 잡히지 않았네.

이런 추측은 이쯤 해두기로 하세. 내 스스로도 아직 충분히 이해할 수 없을 정도로 막연해서 다른 사람에게 이해시킨다는 것은 엄두도 나지 않는 그런 추측일 뿐 그 이상도 이하도 아니네. 그러니 그냥 추측이라 하고 이 정도로 접어두기로 하세. 내 짐작대로 그 프랑스인이 이 흉악한 살인행위와 정말로 무관하다면, 지난밤에 우리가 집으로 돌아오는 길에 《르 몽드》지(해운업계의 이익을 대변하는 신문으로 선원들이 많이 구독함) 사무소에 들러 의뢰한 이 광고를 보면 분명히 이곳으로 찾아올 걸세."

그는 신문을 나에게 건넸는데, 광고 내용은 다음과 같았다.

"포획, 황갈색 보르네오 산産 오랑우탄! 거대한 몸집. 이 달 XX일 이른 아침—사건이 있던 날 아침—볼로뉴 숲에서 잡음. 몰타 섬 선박의 선원으로 추정되는 소유주에게 돌려줌. 소유주 증명과 포획 및 보관 비용 지불 요. 포브르 상제르망 XX가 XX번지, 3층으로 방문 요망."

"그 사람이 선원이라는 것과 몰타 선박 소속이라는 것은 어떻게 알아낸 건가?"

"정확한 건 아닐세. 아직 확신할 수는 없어. 하지만 여기 이 조그만 리본말일세. 모양이나 기름이 묻어 있는 걸로 봐서는 분명히 선원들이 즐겨 하는 변발을 묶는 데 사용한 것 같거든. 그리고 선원이 아니면 이런 매듭은 좀처럼 하지 않고, 또 몰타에서만 볼 수 있는 것이기도 하거든. 피뢰침 밑에서 이 리본을 찾았었네. 두 피해자의 것일 리는 없을 테니까. 그리고 만약에 이 리본을 근거로 그 프랑스인이 몰타 선박 소속의 선원일 거라 생각한 내 추정이 틀린다 하더라도, 광고에 그렇게 써두었다고 해서 나

뺄 것은 전혀 없네. 그는 내가 어떤 사정으로 인해 잘못 생각했겠지 하고 단순하게 생각할 뿐, 애써 그 이유를 캐내어 보려고 하지는 않을 테니까 말일세. 그러나 내 추정이 맞는다면, 상당한 소득이 있겠지. 그는 살인과는 무관하더라도 그 사건을 알고 있기 때문에 광고를 보고 오랑우탄을 찾으러 오는 것이 좀 망설여질 거야. 그는 아마 이런 생각을 하겠지. 나는 아무런 죄가 없다. 나는 가난하고, 나의 이 오랑우탄은 꽤나 값이 나간다. 지금의 내 처지에서는 커다란 재산이다. 위험을 걱정해서 주저주저하다가 놓쳐버릴 수는 없다. 바로 손안에 들어온 것이나 다름없는데 말이다. 녀석은 볼로뉴에 있는 숲에서 잡혔다. 살인사건 현장과는 아주 멀리 떨어진 곳이다. 녀석과 같은 야생동물이 그런 끔찍한 살인을 했으리라는 생각은 누구도 못할 것이다. 경찰은 지금 헤매고 있고, 실낱 같은 단서조차도 찾아내지 못하고 있다. 만에 하나 녀석이 경찰에 드러난다 해도 나와 그 살인사건의 연관성을 밝히는 것은 불가능하고, 설혹 그렇게 되었다 하더라도 그것을 이유로 나에게 살인 혐의를 씌운다는 것 역시 불가능하다. 그런데 무엇보다도 누군가가 나의 존재를 알고 있다는 것이 꺼림칙하다. 이 광고를 낸 자는 나를 오랑우탄의 소유자라고 하고 있다. 그가 나에 대해서 과연 얼마나 알고 있는지는 모를 일이다. 그처럼 값나가는 물건, 그것도 내 소유라고 하는 물건을 찾아가지 않는다면, 적어도 그 오랑우탄 녀석에게 혐의가 있다는 것을 인정하는 꼴이나 다름없다. 내 자신이나 오랑우탄 녀석에게 관심이 쏠리는 것은 원하는 바가 아니다. 광고 낸 자를 찾아 오랑우탄을 찾아와야겠다. 그리고는 이 사건이 잠잠해질 때까지 조용히 숨겨두어야겠다' 하고 말이야."

바로 이때 계단을 올라오는 발소리가 들렸다.

그러자 뒤팡이 다짐을 주었다.

"총을 준비하게. 하지만 내가 신호할 때까지는 쏘거나 꺼내 보이거나 하면 안 되네."

현관문을 열어두었기 때문에, 방문객은 초인종을 누르지 않고 들어와 계단을 올라오고 있던 것이었다. 그런데 발자국 소리가 조금 망설이는 것 같았다. 그러다 다시 계단을 내려가는 소리가 들렸다. 뒤팡이 방문 쪽으로 급히 가는데, 다시 올라오는 소리가 들렸다. 이번에는 돌아서지 않고 단호한 걸음으로 계단을 올라와서는 우리 방문을 두드렸다.

"들어오시죠."

뒤팡은 쾌활하면서도 친근한 목소리로 말했다.

한 사나이가 들어왔다. 분명 그는 선원인 것 같았다. 큰 키에

건장한 체구를 가진 근육질의 사나이로 다소 막무가내일 듯한 인상이었지만, 그렇다고 완전히 불쾌감만 주는 얼굴은 아니었다. 햇볕에 검게 그을린 얼굴은 절반 이상이 구레나룻과 콧수염으로 뒤덮여 있었다. 커다란 떡갈나무 지팡이를 쥐고 있었을 뿐 그 외의 다른 무기를 지니고 있는 것 같지는 않았다. 사나이는 심드렁한 표정으로 고개를 숙이며 프랑스어로 인사를 했는데, 뇌샤텔 지방 사투리가 조금 섞여 있었지만 그가 본래 파리 태생이라는 것을 잘 알 수 있었다.

"앉으시죠."

뒤팡이 말했다.

"오랑우탄 문제로 찾아오신 걸로 생각됩니다만. 아주 멋지고 값나가는 녀석이라 주인 되시는 분이 무척 부럽습니다. 녀석의 나이가 얼마나 되는 것 같습니까?"

이 선원은 답답하고 무거운 짐을 벗어버린 듯한 표정으로 길게 한숨을 들이쉬고는 또박또박 답했다.

"정확하게는 알 수 없지만, 기껏해야 너댓 살 정도 되겠죠. 녀석은 지금 여기에 있습니까?"

"아닙니다. 여기에는 녀석을 가두어 둘 만한 시설이 없는 관계로 인근에 있는 뒤부르 가에서 임대하는 한 축사에 넣어두고 있죠. 오전 중으로 인도될 것입니다. 물론 소유주라는 증명은 준비가 되어 있겠지요?

"물론이죠."

"녀석을 내놓으려니 마음이 좀 그렇습니다만."

"귀하의 이 모든 수고를 어찌 제가 보답하지 않을 수 있겠습니까. 그건 안 될 말이죠. 녀석을 잡아주신 보답은 기꺼이 해 드리겠습니다. 합당한 요구라면 말입니다."

"좋습니다. 아주 시원해서 좋군요. 그렇다면 어떤 보상이 좋을까요? 참, 이렇게 하지요! 모르그 가의 살인사건에 대해 당신이 알고 있는 모든 정보를 받기로 합시다."

마지막 부분은 목소리를 아주 나지막하게 깔면서 뒤팡이 말했다. 그리고는 천천히 방문을 열쇠로 잠그고 난 뒤 그것을 호주머니에 넣었다. 그리고는 품속에서 총을 꺼내어 태연하게 탁자 위에 내려놓았다.

선원은 숨이 꽉 막혀오는 듯 얼굴이 시뻘개졌다. 그는 벌떡 일어서서 지팡이를 움켜쥐었지만, 곧바로 자리에 털썩 주저앉아서는 몸을 심하게 떨기 시작했고, 얼굴은 마치 죽은 사람처럼 창백해졌다. 그는 말 한마디 못하고 그대로 있었는데, 그런 그가 몹시도 측은하게 느껴졌다.

"이 보시게."

뒤팡이 다독거리듯이 말했다.

"그렇게 떨 것까지는 없지 않소. 안심해요. 당신에게 해를 가할 마음은 털끝만큼도 없으니까 말이오. 신사로서 그리고 프랑스인의 명예를 걸고 약속하리다. 결코 당신을 해치지 않겠다고. 당신이 모르그 가의 그 흉악한 살인사건에 가담하지 않았다는 것을 나는 잘 알고 있소. 그러나 어느 정도 관련이 있다는 사실은 아무리 부인해도 소용이 없을 거요. 앞서 내가 한 이야기에서 이 사건에 관하여 내가 정보망을, 그것도 당신은 상상도 못하는 정보망을 가지고 있다는 것을 분명히 알았을 겁니다.

아무튼 일은 이렇게 된 것이겠죠. 당신은 피치 못할 사정으로 그 사건에 개입되었는데, 이 말은 즉 당신이 살인죄를 저지른 건 아니라는 거죠. 그리고 당신이 물건을 훔친 것도 아니잖소. 마음만 먹었으면 쉽게 훔칠 수 있는 물건인데도 말이오. 당신이 감춰야 할 것은 아무것도 없고 또 그럴 이유도 없지 않소. 하지만 당신이 알고 있는 것은 모두 털어놓아야만 하오. 당신의 명예가 걸려 있는 문제이기 때문이오. 당신이 진짜 범인을 밝힐 수 있는데도, 그 죄를 뒤집어쓴 무고한 한 젊은이가 지금 감옥에 갇혀 있단 말이오."

뒤팡의 말을 듣고 있는 동안 선원은 어느 정도 마음의 평정을 되찾은 듯 보였다. 그러나 애초의 대담한 모습은 찾아볼 수 없었다. 잠깐 뜸을 들이던 그가 말을 내뱉었다.

　"제기랄! 이 사건에 대해 알고 있는 것을 모두 말하리다. 그러나 당신이 내 이야기를 반이라도 믿을지, 그러기를 바라는 내가 어리석겠지만 말입니다. 정말 나는 아무런 죄도 없습니다. 하지만 설령 이것 때문에 내가 죽는다 해도 다 털어놓지요."

　선원의 이야기는 대략 다음과 같았다. 그는 최근에 인도네시아를 항해하고 돌아왔는데, 당시 한 무리들 틈에 끼어 보르네오에 상륙해 재미로 깊은 오지까지 탐험을 했었다. 그러다 한 동료와 함께 이 오랑우탄을 사로잡았는데, 이 동료가 사망하는 바람에 자연히 그의 차지가 되어 버렸다. 돌아오는 뱃길에 감당이 안될 정도로 난폭한 오랑우탄 녀석 때문에 무진 애를 먹었지만, 마침내 파리에 있는 집까지 그럭저럭 무사히 데려올 수 있었다. 이웃의 호기심이 못마땅했던 그는 오랑우탄을 아주 은밀히 숨겨놓고, 나무조각에 찔려 생긴 녀석의 상처난 발이 아물 때까지 기다리기로 했다. 궁극에는 팔아치울 작정이었다.

　살인사건이 있던 날 밤, 동료 선원들과 떠들썩하게 한잔 걸치고 거의 새벽이 다 되어서 집으로 돌아오니, 바로 옆 작은방에 가

148

뒤 두었던 오랑우탄 녀석이 방문을 부수고 나와 침실에 있었다. 면도칼을 손에 들고, 얼굴은 온통 비누거품을 칠한 채 거울 앞에 앉아 마치 면도를 하려는 것 같았다. 주인이 면도하는 모습을 열쇠 구멍을 통해 훔쳐보았던 것이 틀림없었다. 저렇게 흉악한데다 도구를 능숙하게 사용할 줄 아는 짐승의 손에 섬뜩한 흉기가 쥐어져 있는 것을 보고 기겁을 한 나머지 선원은 한동안 어찌할 바를 모르고 있었다. 그러나 이 짐승이 제아무리 사납게 날뛴다 해도 채찍만 들면 잠잠해지곤 했었기에, 이번에도 그는 이 방법을 사용했다. 그러나 채찍을 보자마자 오랑우탄 녀석은 방문으로 달아나 층계를 내려가더니 때마침 열려 있던 창문을 넘어 거리로 뛰쳐나가 버렸다.

이 프랑스인 선원은 필사적으로 녀석의 뒤를 쫓았다. 녀석은 여전히 면도칼을 손에 쥔 채 이따금씩 멈춰 뒤돌아보며 날 잡아보라는 듯이 섰다가 잡힐 듯하면 다시 달아나곤 했다. 추적은 이런 식으로 오랫동안 계속되었다. 시간은 거의 새벽 세 시를 향해 갔고, 거리는 쥐죽은듯이 조용했다. 모르그 가의 뒤편 골목길을 내달리며 도망치던 오랑우탄 녀석은 레스파네 부인 집 4층 방의 열린 창문에서 흘러나오는 불빛을 보았다. 건물 쪽으로 달려간 녀석은 피뢰침을 보자 눈이 의심될 정도로 민첩하게 그것을 타고 올라가서는 벽면까지 활짝 열어 젖혀져 있는 페라드를 붙잡아 타고 그 반동을 이용해 단숨에 침대머리 쪽으로 뛰어들었다. 녀석의 이 놀라운 곡예는 단 1분도 걸리지 않았다. 페라드는 오랑우탄이 방안으로 뛰어들면서 그 반동으로 다시 활짝 열렸다.

사태가 이렇게 되자, 선원은 당황하기도 했지만 속으로는 쾌재를 불렀다. 이제야 녀석을 잡을 수 있다는 생각 때문이었다. 녀석이 과감하게 뛰어든 그 공간에서 달아날 수 있는 길은 오직이 피뢰침뿐이었고, 그렇다면 녀석이 피뢰침을 타고 내려올 때 잡으면 된다는 생각이었다. 그렇지만 한편으로는 녀석이 저 안에서 무슨 짓을 저지르는 것은 아닐까 하고 크게 걱정이 되었다. 이런 걱정에 선원은 계속해서 오랑우탄 녀석의 뒤를 쫓았다. 선원이어서 그런지 그는 쉽게 피뢰침을 타고 올랐는데, 왼쪽 멀리 떨어져 있는 창문의 높이까지 이르자 더 이상 어떻게 할 방도가 없었다. 그로서는 목을 쭉 내밀어 방안을 겨우 넘겨다보는 것이 고작이었다.

방안의 모습을 보는 순간 그는 너무나 놀란 나머지 하마터면 손을 놓쳐 아래로 떨어질 뻔했다. 그 무서운 비명 소리가 밤하늘을 울리며 모르그 가의 주민들을 잠에서 깨운 것은 바로 그때였다. 레스파네 모녀는 잠옷을 입은 채 앞에서 말한 철제 금고를

방 한가운데 꺼내놓고 서류 정리에 몰두하고 있었다. 금고 문은 열려져 있었고 바닥에는 그 안에 있는 물건들이 나와 있었다.

두 모녀는 창문을 등지고 앉아 일을 하고 있었던 것이 틀림없었다. 오랑우탄 녀석이 침입한 시간과 비명 소리가 난 시간을 비교해 보면 희생자들은 이 짐승이 침입한 것을 곧바로 알지 못했을 가능성이 있다. 페라드가 부딪히는 소리는 그저 바람 때문이겠거니 하고 생각했던 것 같다.

선원이 들여다본 방안에서는 이 거대한 짐승이 레스파네 부인의 머리칼―머리를 빗느라고 풀어져 있었다―을 움켜쥔 채 이발사가 하듯 면도칼을 그녀의 얼굴 앞에 휘두르고 있었다. 레스파네 양은 엎어진 채 꼼짝 않고 있었다. 그녀는 기절했던 것이다. 노부인이 비명을 지르며 저항하는 바람에―이때 머리칼이 뜯겨져 나갔다―처음에는 그럴 생각이 없었을 오랑우탄이지만 그만 흉포하게 돌변하기 시작했다. 녀석이 그 억센 팔을 한번 휘두르자 부인의 머리가 목으로부터 거의 떨어져 나갔다. 피를 본 녀석은 거의 미쳐버린 듯했다. 이를 갈아대고 눈에는 불꽃이 튀고 마침내 딸의 몸을 덮쳐 그 무시무시한 발톱으로 목을 짓눌러 숨이 끊어지게 만들었다.

이때 녀석의 초점 잃은 광기의 눈길이 침대머리맡 쪽을 향했

는데, 그 너머로 잔뜩 겁에 질려 있는 주인의 얼굴이 보였다. 순간 채찍에 대한 두려움이 떠올랐는지, 날뛰던 녀석은 금세 겁먹은 표정을 지었다. 매맞을 짓을 했다고 느낀 녀석은 이 피비린내나는 일을 감추어 보려는 생각이었는지 미친 듯이 방안을 뛰어다니며 가구를 팽개치고 부수고 했는데, 그러면서 침대를 침대받침대 위에서 끌어내었던 것이다. 녀석은 또한 어떻게든 시체를 감춰보려고 딸의 시체를 집어들고는 그대로 굴뚝에 쑤셔 넣었고 노부인의 시체는 창문 밖으로 던져버렸던 것이다.

오랑우탄 녀석이 처참한 모습의 시체를 들고 창문 쪽으로 다가왔을 때, 선원은 혼비백산하여 피뢰침을 꽉 붙잡고 미끄러지듯 내려와 집으로 곧장 줄달음을 쳤다. 이런 끔찍한 살육의 결과가 너무나 두려운 나머지, 그로서는 오랑우탄의 운명 따위를 걱정할 겨를이 없었다. 계단을 올라가던 사람들이 들은 소리는 이 짐승의 악귀 같은 울부짖음과 뒤섞여 들려온 공포와 경악에 찬 선원이 외치는 소리였다.

더 이상 덧붙일 이야기는 없다. 오랑우탄 녀석은 사람들이 문을 따고 들어가기 직전에 피뢰침을 이용해 달아났으며, 창문으로 빠져 나오면서 창문을 닫았던 것이 틀림없었다. 얼마 뒤에 소유자가 직접 녀석을 붙잡아 자뎅 데 플랑테 공원에 아주 비싼 값으로 팔아버렸다. 사건의 전후 사정에 대해—뒤팡이 간혹 설명을 덧붙이면서—경찰국장에게 이야기를 하자, 르 봉은 즉시 석방되었다. 경찰국장은 뒤팡에게 평소 호의를 가지고 있었음에도 불구하고, 사건이 이런 식으로 끝나 버린 것에 대한 섭섭함을 감추지 못한 채 쓸데없이 참견하는 것은 금물이라는 볼멘소리를 한두 마디 늘어놓았다.

"그냥 놔 두게."

뒤팡은 대꾸할 필요도 없다는 태도로 말했다.

"멋대로 이야기하라지. 그래야 기분이 풀린다면 말이야. 나야 국장 양반의 본토에서 멋지게 이긴 것만으로 만족하네. 그러나 한마디하자면, 국장이 이 사건 해결에 실패한 것은 그가 생각하듯이 사건이 난해했기 때문은 결코 아니네. 사실, 국장은 지나치게 잔머리만 굴리니까 생각이 깊을 수 없다고 해야겠지. 이 양반의 지혜라고 해봐야 시작만 있고 매듭을 못 짓지. 여신 라베르나(Laverna, 로마신화에 나오는 도둑의 여신)의 화상畵像처럼 머리만 잔뜩 있고 몸체는 없는, 아니면 기껏해야 머리와 어깨만 있는 마치 생선 대구와 같은 형상이라고나 할까. 하지만 여하튼 사람은 좋은 편이지. 특히 거드름을 피우며 뻔뻔하게 내던지는 그의 말솜씨는 일품이네. 그런 모습에 사람들은 그를 아주 영민하다고 치켜세우고 있으니 말일세. '존재하는 것을 부정하고, 존재하지 않는 것을 내세우는(루소의 『신 엘로이즈Nouvelle Héloise』에서 인용_역주)' 그런 말솜씨말일세."

도난 당한 편지
The Purloined Letter

세찬 폭풍이 막 휘몰아치고 간 어둑어둑한 18XX년 어느 가을 저녁의 프랑스 파리. 친구인 C. 오거스트 뒤팡과 함께 상제르망 교외의 뒤노 거리 33번지에 자리잡은 그의 집 3층 조그마한 서재에서 나는 해포석海泡石으로 만든 파이프를 입에 물고 그윽한 생각에 잠기는 이중의 사치를 누리고 있었다. 우리는 적어도 한 시간 이상을 이렇게 아무 말 없이 그대로 있었다. 누가 보았더라면, 우리 두 사람은 방안을 자욱이 덮은 채 연신 둥근 나선을 그리며 피어오르는 짙은 파이프 담배연기에 취해 정신을 잃어버린 것처럼 보였을 수도 있다.

그러나 나는 이른 저녁 시간에 우리가 화제로 삼았던 사건들을 곱씹어 보고 있었다. 그 사건들이란 모르그 가 살인사건과, 마리 로제 살인사건에 얽힌 미스터리였다. 그 두 사건을 함께 떠올리고 있는 바로 그때 거실 문이 활짝 열리면서 우리가 오랫동안 알고 지내던 파리 경찰국장 G씨가 들어선 것은 묘한 우연의 일치라는 생각이 들었다.

우리는 그를 아주 반갑게 맞이했다. 사실 그와 마주치게 되면 야비하다는 느낌이 먼저 들기는 했지만 그래도 재미있는 점도 어느 정도는 있었고, 또 몇 해 동안 얼굴을 보지 못했기 때문에 반가운 것도 사실이었다. 우리는 그때까지도 불을 켜지 않고 앉아 있었으므로 뒤팽은 등잔에 불을 붙이려고 일어섰다. 그러나 G씨가 아주 곤란한 지경에 빠져 버린 자신의 공무公務에 대해 우리의 의견을 듣고 싶다고, 아니 정확히 말하면 뒤팽의 의견을 구하고 싶다고 말하자 뒤팽은 등잔 심지에다 불을 붙이려다 말고 다시 자리에 앉으며 말했다.

"깊이 생각해 볼 문제가 있다면 그냥 어둠속에서 하는 게 더 나을 것 같군요."

"당신의 그 기이한 취향이 또 나오는군요."

경찰국장은 이해가 안 되는 것들은 무조건 '기이하다'라고 하는 습관이 있었다. 그래서 그의 주위는 항상 '온갖 기이한 것들'로 넘쳐날 수밖에 없는 위인이었다.

"그렇다고 해야겠죠."

뒤팽은 국장에게 파이프를 권하면서 안락의자를 그에게 끌어다 주었다.

"그런데 그 어려움이라는 게 뭡니까? 이번에는 살인사건에 관한 이야기는 아니겠지요."

내가 이렇게 물었다.

"물론, 전혀 아닙니다. 사실 이 문제는 아주 단순해서 우리 스스로도 충분히 다룰 수 있다고 생각을 합니다만, 문득 이에 대한 상세한 내용을 뒤팡 씨가 알면 좋아할 것 같다는 생각이 들어서 말입니다. 여기에는 꽤 '기이한' 면이 있기 때문이죠."

"단순하면서도 기이하다!"

뒤팡은 국장의 말에 이렇게 말했다.

"아, 예. 꼭 그렇다는 것은 아니지만, 사실 그 사건이 너무 단순하기 때문에 우리 모두가 어리둥절하면서도 전혀 실마리를 잡지 못하고 있는 중이라오."

"아마도 너무 단순하게 보이는 바로 그 점 때문에 당신들이 오히려 실마리를 찾지 못하고 있는 것 같군요."

뒤팡이 말했다.

"무슨 말도 안 되는 말씀을!"

국장이 이렇게 대꾸하며 어이없다는 웃음을 터뜨렸다.

"아마도 사건의 비밀은 너무나 단순하게 보이는 바로 그 점에 있을 겁니다."

"점입가경漸入佳境이라더니! 도대체 그런 생각이 어디 있단 말이오?"

"분명히 그럴 겁니다."

"하하하! 하하하!"

국장은 그런 뒤팡이 너무나 재미있다는 듯 마구 웃어댔다.

"당신 날 웃겨 죽일 작정이군요!"

"그건 그렇고 도대체 어떤 일입니까?"

내가 물었다.

"물론 말해드려야지요."

국장은 의자에 푹 기댄 채 담배 연기를 길게 내뿜으면서 허공을 물끄러미 바라보다가 말을 이었다.

"간단하게 말해 드리다. 하지만 먼저 이 사건은 극도의 비밀을 요한다는 것과, 만약 내가 발설했다는 사실이 알려지는 날에는 나는 옷을 벗어야 한다는 것을 유념해 주기 바라오."

"계속하시죠."

내가 말했다.

"그만두셔도 상관없습니다."

뒤팽이 말했다.

"자, 그러면 말하리다. 아주 고위층으로부터 극히 중요한 문서가 왕실의 저택 안에서 도난 당했다는 이야기를 직접 들었습니다. 그런데 그 문서를 훔쳐간 자가 누구인지는 분명하다는 겁니다. 의심의 여지가 조금도 없다고 하는데, 그가 가져간 것이 목격되었다고 하더군요. 그리고 그 문서는 아직도 그 자의 수중에 있다고 합니다."

"어떤 근거로 그렇게 생각하는 겁니까?"

뒤팡이 물었다.

"그건 그 문서의 성격상, 그리고 즉시 다른 누군가에게 넘겨지지 않고 훔친 자가 그대로 보관하고 있다는 점에서 충분히 그렇게 추리가 되는 거죠. 다시 말하면 그 자신이 직접 최종적으로 문서를 이용하려는 의도가 있는 것이 틀림없기 때문에 아직도 가지고 있다는 것이죠."

"좀 더 자세히 말씀해 주시죠."

내가 말했다.

"그럽시다. 이런 것까지 말씀드려도 될지 모르겠습니다만, 그 문서를 수중에 넣는 자는 정부의 모처에서 상당한 권력을 행사할 수 있죠. 그것도 아주 대단한 힘을 말입니다."

국장은 외교적인 어투를 상당히 즐기는 것 같았다.

"아직은 무슨 뜻인지 감이 잡히지 않습니다만."

뒤팡이 말했다.

"아니, 아직도? 좋습니다. 만약 이 문서가 이름을 밝힐 수 없는 제삼자에게 넘어간다면, 한 최고위급 인사의 명예에 중대한 문제가 발생할 수도 있다는 겁니다. 그렇기 때문에 이 문서를 손에 넣은 자는 방금 말한 그 인사의 명예와 지위를 위협하면서 그에게 상당한 압력을 행사할 수 있다는 것이죠."

"하지만 이 압력이라는 것이 말입니다."

내가 그의 말에 끼어 들었다.

"그 문서를 잃어버린 사람이 누가 훔쳐 간 것인지 알고 있어야 하고, 또 훔쳐간 사람도 잃어버린 사람이 자신의 소행이라는 것을 알고 있다는 것을 알아야 행사를 하든가 말든가 하는 거 아니 겠습니까? 누가 감히 그렇게 자신을 노출시키려 하겠습니까?"

"그것을 훔친 사람은 말이죠……."

국장이 말했다.

"D장관입니다. 그는 매사가 무모할 정도로 대담합니다. 어떤 때는 사람같이 보이지 않을 정도죠. 문서를 훔친 방법도 대담하면서도 간특합니다. 문제의 그 문서는 솔직히 말하자면 한 통의 편지인데, 왕궁 내실에서 그 인사가 은밀히 받았던 것이랍니다. 그녀가 그 편지를 읽고 있는 도중에 다른 고위층 인사 하나가 불쑥 들어섰는데, 특히 그에게만은 이 편지 내용을 보여서는 안 되는 사람이었죠. 그녀는 편지를 서랍 속에 숨기려 했지만 너무나 다급한 나머지 읽던 그대로 탁자 위에다 내려놓을 수밖에 없었던 거죠. 하지만 겉의 주소만 위로 드러났을 뿐 편지 내용은 노출되지 않았다고 하더군요. 그래서 그 인사도 편지 내용을 보지

는 못했다는 겁니다.

그런데 바로 이때 그 D장관이 들어선 겁니다. 그의 살쾡이 같은 눈은 즉시 그 편지로 향했고 그 위에 쓰여진 주소를 머릿속에 넣은 동시에 그녀가 당황해 하는 모습에서 무언가 비밀이 있다는 것을 간파한 거죠. 그는 의례 그렇듯이 업무를 대충 서둘러 처리한 뒤, 그 문제의 편지와 비슷한 모양새의 편지 하나를 만들어서는 그것을 펼쳐 읽는 척하다가 문제의 편지 옆에 나란히 내려놓고, 한 15분 간을 공무에 관한 이야기를 나눈 겁니다. 이윽고 자리를 떠나면서 탁자 위에 있던 그 문제의 편지를 슬쩍 집어들어 바꿔치기한 거죠. 당연히 편지 주인이 그것을 보았습니다만, 그녀 바로 곁에 다른 누군가가 있었기 때문에 그의 그런 행동을 보고도 뭐라고 할 수가 없었던 겁니다. 그 장관은 아무짝에도 쓸모 없는 제 편지만 탁자 위에 남겨두고 유유히 사라져 버린 것이죠."

"그렇다면 말일세,"

뒤팽이 나에게 말했다.

"자네가 조금 전에 말했던 훔친 자와 잃어버린 자가 서로를 알고 있어야 압력의 행사가 가능한 것 아닌가 하는 문제는 답이 나온 것 같네."

"맞습니다."

국장이 맞장구를 쳤다.

"몇 달 전에 말이죠, 그 편지와 관련해서 정치적인 압력이 아주 위험한 선까지 의도적으로 가해진 적이 있었습니다. 그 편지를 잃어버린 인사는 그 편지를 반드시 되찾아야만 한다는 사실을 매일매일 통감하고 있습니다. 하지만 물론 이 일은 드러내 놓고 처리할 수도 없는 문제죠. 그러다 보니 결국은 나에게 이 문제를 맡기게 되었던 것입니다."

"그야 당연하겠죠."

뒤쪽이 둥글게 피어오르는 짙은 담배 연기 속에서 말했다.

"우리 국장님같이 명석한 경찰관이 이 세상 또 어디에 있겠습니까?"

"이런, 추켜세우시기는. 하기야 옛날이라면 또 모르겠지만."

국장이 응답을 했다.

"국장님 말씀대로 편지가 아직 그 장관의 수중에 있는 것이 분명하군요."

내가 말했다.

"그런 힘은 편지를 가지고 있을 때 생기는 것이지 그것을 사용할 때 생기는 것은 아니기 때문이죠. 즉 편지 내용을 공개해 버리는 순간 그 힘도 날아가 버리기 때문이죠."

"지당한 말씀."

국장이 내 말을 받았다.

"그래서 장관의 수중에 있다는 확신을 가지고 일을 시작했던 것입니다. 가장 먼저 장관의 숙소를 샅샅이 뒤져 볼 생각이었습니다. 그런데 그의 눈에 띄지 않게 감쪽같이 해치워야 하는데, 그게 머리가 아프더군요. 무엇보다도 우리가 수사하고 있다는 사실을 그가 눈치챈다면 위험한 일이 벌어질 수 있다는 주의도 받았습니다."

"하지만 그런 조사야 우리 국장님에게는 손바닥 보듯 훤한 것 아닙니까? 파리 경찰이야 이런 일쯤은 밥먹듯 할 터인데."

"하기야 그렇다 할 수 있죠. 그래서 이 사건의 해결을 크게 우려한 것은 아닙니다. 게다가 D장관의 생활 습성도 수사에 큰 도움이 되었죠. 그는 자주 밤새도록 집을 비우는데, 집에 일 보는 사람들이 많은 것도 아니고 그들이 잠자는 곳도 장관의 숙소와는 상당히 멀리 떨어져 있으며, 대부분 나폴리 사람들이라 걸핏하면 술에 취해 있으니까 말이죠. 알다시피 내가 가지고 있는 열쇠로 열리지 않는 파리 시내의 방과 금고는 없습니다. 나는 삼개월 동안 거의 대부분의 밤 시간을 직접 D장관의 숙소를 샅샅이 뒤지며 보냈었지요. 경찰관으로서의 명예가 걸려 있는 문제고, 또 사실 이건 비밀이지만 보상도 아주 두둑하기도 하고요. 그래서 포기하지 않고 끝까지 방을 뒤져 보았지만, 결국은 D장관의 치밀함이 나보다는 한 수 높다는 것을 알고 그만 단념하게 되었던 것이죠. 나로서는 그 방에서 편지를 숨길 수 있을 만한 곳은 구석구석 다 찾아보았다고 생각하지만 말입니다."

"그러나 그 편지가 틀림없이 그 장관의 수중에 있다고 한다면 자기 방 아니고는 다른 곳에 숨겨 둘 리는 없을 것 같은데."

내가 이렇게 말하자, 뒤팽이 말했다.

"그럴 가능성은 거의 없다고 봐야지. 지금 궁중에서 벌어지고 있는 사태가 아주 묘하게 돌아가고 있는 것과, 특히 그 음모사건들에 D장관이 개입이 된 것으로 알려져 있기 때문에 이 편지를 곧장 이용하려고 하지 않을까 싶은데. 그리고 한눈에 그처럼 손쉽게 그것과 비슷한 편지가 만들어졌다는 사실, 이 점이 누가 그 편지를 가지고 있는가 하는 것 못지 않게 중요한 것 같은데."

"한눈에 손쉽게 만들어졌다?"

내가 의아해 하는데, 뒤팽은 또 이렇게 말했다.

"무슨 말인가 하면, 그처럼 쉽게 변조할 수도 있다는 의미지."

"그렇군."

내가 말했다.

"그 편지는 분명히 그 방 어딘가에 있는 거야. 장관이라는 작자가 그 편지를 몸에 지니고 있을 가능성은 전혀 없을 테니까."

"그건 틀림없습니다."

국장이 내 말을 거들었다.

"우리는 강도로 위장한 채 그를 두 번이나 불러 세워 내가 보는 앞에서 그의 몸을 샅샅이 뒤져 보았지만 편지는 나오지 않았습니다."

"국장님이 괜한 헛수고를 하신 것 같습니다."

뒤팽이 말했다.

"D장관 그 사람, 그렇게 어리석은 사람이 아니라고 봅니다. 그런 식의 몸수색도 당연히 예상하고 있었을지도 모릅니다."

"그 양반이 아주 멍청하다고 할 수는 없겠지요."

국장이 말했다.

"그렇지만 그는 시인이지 않습니까. 내 생각에는 시인이나 멍청이나 종이 한 장 차이인 것 같습니다만."

"지당한 말씀!"

뒤팽이 무슨 생각을 하는 듯 파이프 담배 연기를 길게 내뿜으면서 말했다.

"하기야 나도 운韻도 안 맞는 것을 시詩랍시고 꽤나 끌쩍대긴 합니다만 말입니다."

"수색했던 상황을 상세하게 이야기해 주시겠죠?"

내가 물었다.

"물론이죠. 사실 우리는 시간을 충분히 갖고 샅샅이 살펴보았습니다. 그리고 난 이런 일에 경험이 많은 편이지요. 방 하나하나에 일주일 밤을 꼬박 들여서 구석구석 수색해 보았습니다. 먼저 실내의 가구들을 살펴보았습니다. 서랍이란 서랍은 모두 열어 보았고요. 그리고 알다시피, 제아무리 비밀스럽게 위장된 서랍이라 하더라도 숙련된 경찰관의 눈을 속이는 건 불가능합니다. 이런 수색에서 서랍을 놓치는 자는 정말 바보라고 할 수밖에 없겠지요. 그만큼 쉬운 일이죠. 각 장롱에는 반드시 그 크기와 용적 등이 기재되어 있고, 우리는 아주 정확한 자를 가지고 있죠. 아주 조그만 눈금의 차이조차도 놓치지 않죠. 장롱 위는 의자를 놓고 다 살펴보죠. 베개와 방석 등은 여러분도 전에 보았던 가늘고 긴바늘로 일일이 다 쑤셔봅니다. 탁자는 위의 나무판을 다 뜯어내 살펴보고 말입니다."

"아니 왜 그런 일까지?"

"가끔 탁자 같은 가구들은 그 위의 판을 들어내고, 탁자 다리의 가운데를 파내어 그 속에 물건을 숨기고 다시 판을 붙여 두는 경우가 있죠. 침대기둥의 위아래 부분도 같은 목적으로 이용되곤 합니다."

"하지만 두드려서 그 소리를 들어보면 속이 비어 있다는 쉽게 것을 알 수 있지 않습니까?"

내가 물었다.

"천만의 말씀. 그렇게 한다고 해도 물건을 숨기고 그 안을 솜 같은 것으로 꽉꽉 채워두면 알 수 없는 일이죠. 더군다나 우리가 하는 일은 소리를 내어서는 안 되지 않습니까."

"하지만 국장님이 생각하는 것과 같은 방법으로 물건이 숨겨 져 있을 것으로 예상되는 모든 가구들을 일일이 다 분해해 볼 수 는 없었을 것 아닙니까. 편지야 아주 가늘고 뾰족하게 말아버리 면 좀 굵은 뜨개바늘 정도밖에 되지 않을 것이고, 또 이런 형태로 예를 들어 탁자 밑을 받치는 가로대 속에 숨길 수도 있는 것 아닙 니까. 모든 가구를 완전히 다 분해했던 것은 아니지 않습니까?"

"물론 그렇게 한 것은 아니죠. 그러나 우리는 그 이상으로 조 사했습니다. 숙소에 있는 모든 의자의 가로대와, 모든 가구의 이 음새까지도 성능 좋은 확대경을 사용해서 샅샅이 살펴보았습니 다. 조금이라도 최근에 손을 댄 흔적이 있었다면 우리는 즉시 찾

170

아냈을 것입니다. 예를 들자면, 아주 조그만 먼지 알갱이 하나도 사과만큼 크고 분명하게 보이니까요. 아교 칠을 해 놓은 게 조금이라도 어긋나 있었다든지, 이음새에 조그만 틈이라도 있었다면 틀림없이 곧바로 드러났을 것입니다."

"제 생각으로는 거울의 앞면과 뒤에 대어 놓은 나무판 사이도 살펴보았을 것이고, 침대와 침대보, 커튼과 카펫도 일일이 점검했을 것 같습니다만."

"당연하죠. 그리고 이렇게 철저한 방식으로 실내의 가구들을 다 조사한 뒤에는 숙소 자체를 살펴보았습니다. 우리는 방 전체를 아주 작은 면적으로 나누어서 각각 번호를 붙였죠. 하나도 빠뜨리지 않기 위해서 말입니다. 그리고는 나눈 각 면적을 평방 인치 단위로 살펴보면서 방 전체를 이 잡듯이 샅샅이 뒤졌습니다. 바로 옆에 붙어 있는 두 개의 방까지 포함해서 말입니다. 그리고 물론 확대경도 사용했죠."

"옆에 붙은 두 개의 방까지 말입니까!"

내가 큰 소리로 말했다.

"정말 고생이 이만저만 아니었겠습니다."

"예 그랬죠. 하지만 그에 대한 보수는 엄청나니까요."

"그 숙소 주위의 모든 뜰도 물론 함께 조사를 했겠죠?"

"뜰은 모두 벽돌로 포장되어 있었습니다. 비교적 쉽게 조사가 끝나더군요. 벽돌 사이의 이끼를 살펴보았는데, 손을 댄 흔적은 보이지 않더군요."

"물론 D장관의 서류와 그의 책과 서재도 살펴보았겠지요?"

"물론이죠. 우리는 묶어 놓은 서류에서부터 서류철까지 모두 뒤져 보았습니다. 그리고 책도 여느 경찰관들처럼 그냥 뒤져 보거나 흔들어 보거나 하는 것으로 그친 것이 아니라 한 장 한 장 다 넘겨 보았습니다. 아주 정교한 자를 가지고 모든 책의 두께를 다 재 보았고, 확대경을 가지고 그 표지를 아주 꼼꼼히 살펴보았습니다. 조금이라도 제본에 손을 댄 흔적이 있었더라면 그것을 못 보고 놓친다는 것은 도저히 있을 수 없는 일이었죠. 최근에 발매된 대여섯 권의 책은 바늘로 제본의 겉면을 아주 꼼꼼하게 찔러 보기까지 했습니다."

"카펫 아래의 바닥도 역시 살펴보았겠죠?"

"너무나 당연한 이야기 아닙니까. 카펫을 모두 들치고 바닥을 확대경으로 다 살펴보았죠."

"그러면 벽지 사이도 역시 살펴보았겠네요?"

"예, 물론입니다."

"지하실도 역시?"

"당연하죠."

"그렇다면, 지금까지의 계산이 틀리지 않습니까? 국장님 생각과는 달리 편지가 그의 숙소에는 없다는 얘기가 되잖습니까."

내가 이렇게 말하자 그의 얼굴이 어두워졌다.

"그럴지도 모르죠. 하지만 뒤팽 씨, 어떻게 해야 할지 나에게 도움될 만한 이야기가 없을까요?"

"그의 숙소를 이 잡듯이 샅샅이 뒤지는 수밖에 없겠지요."

"제가 보기에는 전혀 부질없는 짓 같습니다. 지금까지 수색해 본 결과 그의 숙소에 편지가 없다는 사실은 해가 동쪽에서 뜨는 것만큼이나 분명한 사실이니까요."

"뭐라고 해 드릴 말씀이 없군요."

뒤팽이 다시 말했다.

"아, 물론 국장님은 그 편지가 어떻게 생겼는지 정확히 알고 계시겠죠?"

"아 예, 물론이죠!"

이렇게 말하면서 국장은 메모용 수첩을 꺼내들고는 잃어버린 그 편지의 속내용과 그리고 특히 겉모양을 큰 소리로 아주 자세하게 설명했다. 그렇게 설명을 끝내자 곧바로 그는 자리를 떠나버렸는데, 그 사람 좋아 뵈는 양반이 그토록 풀이 죽은 모습은 처음이었다.

그로부터 약 한 달쯤 뒤에 국장은 다시 한 번 우리를 찾아왔다. 우리는 전과 같이 파이프 담배를 즐기며 사색에 잠겨 있었다. 그는 파이프를 받아 들고 의자에 몸을 맞긴 채 이런저런 일상적인 이야기를 늘어놓았다. 이윽고 내가 먼저 말을 꺼냈다.

"그런데 국장님, 전에 도난 당했던 편지의 일은 어떻게 되었습니까? 제 느낌으로는 더 이상 그 장관의 혐의를 입증할 만한 것은 찾지 못하고 그냥 끝내 버린 것 같습니다만."

"망할 자식 같으니! 이런, 욕이 다 나오는군요. 맞습니다! 그렇지만 뒤팡 씨께서 말씀하신 대로 다시 한 번 조사를 했습니다만, 역시 예상했던 것과 같이 아무런 성과도 없었습니다."

"그때 편지를 찾아 주면 보상금이 얼마라 하셨죠?"

뒤팡이 불쑥 물었다.

"왜 그러시죠? 아주 큰 금액입니다. 엄청나게 많은 보수입니다만, 정확한 액수를 말씀드리기는 좀 곤란합니다. 그러나 한마디만 하자면, 나에게 그 편지를 입수해 주는 사람에게는 5만 프랑을 기꺼이 제 개인 수표로 끊어드리지요. 사실 그 편지는 매일매일 그 값어치가 올라가고 있습니다. 최근에 다시 보상금을 두 배로 올렸답니다. 그러나 보상금이 세 배가 된다 한들, 지금의 제 사정으로는 전과 다른 별 뾰족한 방법은 전혀 없는데도 말입니다."

"그렇겠죠."

뒤팡은 담배 연기를 내뿜는 사이에 느릿느릿하게 한마디씩 하곤 했다.

"제 생각은…… 국장님께서…… 이 문제에 대해…… 최선을 다했다고…… 하기에는 그렇군요. 좀 더 노력해 봐야…… 되는 거 아니겠습니까?"

"어떻게? 방법이라도?"

"국장님은…… 왜…… 이 문제에 대해…… 다른 사람들의 조언을 받아들이지 않죠?"

뒤팡은 연신 담배연기를 뻐끔뻐끔 뿜어댔다.

"국장님은 '애버니시(영국의 저명한 외과 의사)' 이야기를 아십니까?"

"아뇨, 갑자기 '애버니시' 이야기라니!"

"그래요. 하지만 한번 들어보시죠. 옛날에 돈은 많지만 굉장히 구두쇠인 어느 양반이 의사인 이 애버니시에게 자기 병에 대한 의학적인 의견을 공짜로 슬쩍 들어보려는 궁리를 해냈죠. 그리하여 아주 사적인 자리에서 그와 일상적인 대화를 나누는 도중에, 다른 사람이 그런 증세가 있는 것처럼 꾸며 은근슬쩍 이 의사에게 물어보았죠. '우리가 보기에는 그 사람이 그렇고 그런 상황인 것 같은데, 의사님께서는 그 사람에게 가장 먼저 어떤 요법의 처방을 내리겠습니까?' 그러자 애버니시가 이렇게 말했습니다. '당연히 의사의 조언부터 먼저 받아야 하겠죠'라고 말입니다."

"하지만, 나는 언제든 누구한테서나 조언을 받아들일 준비가 되어 있고, 또 그 보상까지 하겠다는 것 아닙니까. 이 편지 문제에 대해 결정적인 조언이나 도움을 주는 사람에게 내가 5만 프랑을 내놓겠다고 하지 않습니까."

국장은 곤혹스런 표정으로 항변하다시피 했다.

"정말 그렇게 생각하신다면."

뒤팡은 천천히 책상 서랍을 열어 그 안에서 수표책을 꺼내며 말했다.

"이 수표에 아까 말씀하신 금액을 적어서 저에게 주시죠. 그렇게 하신다면 제가 그 편지를 국장님께 드리지요."

나는 깜짝 놀랐다. 국장은 망치로 뒤통수를 얻어맞은 듯한 표정이었다. 그는 한동안 꼼짝 않고 입을 딱 벌린 채 뒤팡의 얼굴을 도저히 믿어지지 않는다는 표정으로 바라보았는데, 마치 눈알이 밖으로 튀어나올 것만 같았다. 그리고는 어느 정도 정신을 차렸는지 펜을 꺼내들고 멍한 눈으로 몇 번 심호흡을 한 뒤 마침내 수표에 5만 프랑의 금액을 기재하고 서명한 뒤 탁자 위로 뒤팡에게 건네주었다. 뒤팡은 수표를 요모조모 살펴보더니 자신의 지갑 속에 잘 간직했다.

그런 후 그는 자신의 서랍을 열쇠로 열어 한 통의 편지를 꺼내 그것을 국장에게 건네주었다. 그 편지를 덥석 받아 든 우리의 경찰 국장은 미칠 듯이 기뻐하는 모습이었다. 벌벌 떨리는 손으로 그 편지를 열어 그 안의 내용을 빠르게 훑어보고는 문 쪽으로 거의 기다시피 하면서 걸어갔는데, 문에 이르자 갑자기 밖으로 뛰쳐나가더니 간다는 소리 한마디 없이 집 밖으로 순식간에 사라져 버렸다. 사실 뒤팡이 수표 이야기를 꺼내었을 때부터 그는 아예 말문이 닫혀 있기는 했었다.

국장의 모습이 완전히 사라지고 나자 뒤팡이 의아해 하는 나에게 설명하기 시작했다.

"파리 경찰들이 아주 유능하다는 것은 사실이네. 끈기도 있고 머리도 잘 돌아가고 순발력도 있으면서, 자신들의 임무에 꼭 필요한 지식에도 아주 정통한 편이라고 할 수 있네. 그래서 G국장이 D장관의 숙소를 샅샅이 다 뒤졌던 그 방법을 자세히 설명할 때, 그가 최선을 다해서 충분히 조사를 했다는 것은 인정하지 않을 수 없었네. 물론 그 최선이라는 것이 그가 할 수 있는 범위 내에서이기는 하지만 말일세."

"그가 할 수 있는 범위라니?"

내가 물었다.

"그렇지. 국장의 수색 방법이 최선의 수색 방법은 아니었다는 뜻이지. 하지만 그러면서도 그 나름대로 할 만큼은 다 했다고 봐야지. 만약 그 편지가 그들이 수색하는 그 장소에 있었다면 그들은 틀림없이 그 편지를 찾아냈을 것이네."

나는 그저 웃음이 나왔다. 하지만 뒤팽은 매우 진지한 태도로 이야기하고 있었다. 그는 계속해서 말을 이어나갔다.

"그들이 사용한 방법은 그 자체로는 아주 훌륭한 방법이었고, 아주 철저하게 살펴본 것 또한 사실이네. 하지만 그들이 실패한 것은 그 방법이 편지 사건과 그 범인에게는 적당하지 않은 방법이라는 것을 몰랐던 것이지. 우리 국장님에게는 그 뛰어난 방법들이라는 게 모두 일종의 '프로크러스티안 침대(Procrustean bed, 그리스 신화에서 메가라와 아테네의 노상에서 살던 강도 프로크러스테스Procrustes가 길 가던 사람들을 잡아 자신보다 키가 크면 다리를 자르고, 작으면 다리를 잡아 늘렸다는 데서 나온 말로, 무조건 자신의 기준을 최고로 여기는 것을 경계하는 말_역주)' 와 같은 것으로, 무조건 자신의 기준에 맞춰 생각한다는 말이네. 그가 다루는 그 문제를 너무 지나치게 깊게 생각을 하던지, 아니면 너무 단순하게 생각을 하기 때문에 그는 끊임없이 실패하는 것이지. 어린 학생들도 그보다는 나을 것 같다는 생각이 들 지경이라네.

내가 아는 여덟 살 정도 되는 아이가 하나 있는데, '홀짝 알아맞추기' 에서는 정말로 기가 찰 정도로 잘 맞추는 아이일세. 이것은 아주 간단한 게임이면서 주로 구슬 같은 걸로 하지. 한쪽이 한 손에 구슬을 가득 쥐고 상대편에게 홀수인지 짝수인지를 맞추라고 하지. 그래서 맞추면 이기고 맞추지 못하면 지게 되는 게임이지. 내가 말하는 이 아이는 '홀짝 맞추기' 로 학교의 구슬을 몽땅 쓸어 버렸다고 하네. 물론 그 아이에게는 나름대로 알아 맞추는 원칙이 있네. 그런데 이 비결이라는 게 다른 게 아니라 상대편이 얼마나 똑똑한 아이인가를 정확하게 관찰해서 알아내는 데 있다군.

예를 들어 상대편이 아주 멍청한 아이인 경우를 보면, 처음에 구슬을 쥐고 홀짝을 물어 우리의 이 아이가 '홀' 이라고 했는데 틀려서 구슬을 잃게 되었을 경우, 다음 번에는 반드시 이겨서 구슬을 딴단 말이네. 그것은 이 아이가 이렇게 생각을 하기 때문이라네.

'이 멍청한 녀석이 처음에는 짝을 쥐어 이겼으니, 이 녀석의 생각 수준으로 다음에는 반드시 홀을 쥐게 되어 있어. 그러니 홀이라고 해야지.' 그래서 홀이라고 하면 이긴다는 거지.

그렇지만 이 아이보다 조금 생각이 나은 상대일 경우에는 이렇게 생각을 하는 거야.

'이 녀석은 내가 처음에 홀이라고 했으니까, 처음에는 앞서의 아이처럼 순서대로 짝에서 홀로 바꾸려고 하다가, 제 딴에 다시 생각을 해보면 스스로도 너무 뻔하다는 생각이 들 거란 말이야. 그래서 다시 앞에 생각대로 짝을 쥐려고 마음을 먹게 되겠지. 그럼 나는 짝을 선택하는 거야.'

그렇게 짝을 선택해서 다시 이기는 거라네. 자 여기까지 정리를 해보면, 상대편 아이들이야 '운이 좋은 거지 뭐!'라고 하겠지만, 이 어린 학생의 추론 방식에는 무엇인가 있는 것 같지 않은가?'

"그건 상대방의 지적 수준을 간파하고, 그 입장이 되어 생각한다는 것이겠지."

내가 답했다.

"바로 그것이라네."

뒤팡이 말했다.

"그리고, 어떻게 해서 그렇게 매번 이길 수 있도록 상대방 아이의 수준을 간파할 수 있느냐고 물으니까, 다음과 같은 대답을 하더군.

'저는 상대편 아이가 얼마나 똑똑한지 아니면 멍청한지, 그리고 또 얼마나 착한 아이인지 혹은 얼마나 나쁜 아이인지를 알아봐야겠다고 생각하면, 그 아이의 표정과 똑같은 표정을 스스로 지어 보려고 하거든요. 그리고 난 다음 그 표정에 따라 내 머리나 가슴속에서 어떤 생각과 감정이 일어나는지를 가만히 느껴보는 거에요.'

로시푸코, 라 브뤼르, 마키아벨리, 캄파넬라 등에 이르기까지 이들이 모두 깊은 생각을 가졌다고 평가받는 그 이면에는 바로 이 아이의 이러한 사고법을 이들이 잘 터득하고 적용했다는 사실이 숨어 있는 것이라네."

"자네의 말에 의하면, 정확하게 상대방과 같은 수준에서 상대를 이해하기 위한 관건은 결국 상대방의 수준을 얼마만큼 정확하게 파악하느냐에 달려 있는 것이겠구먼."

내가 다시 부언을 했다.

"그렇지! 그래야 실질적으로 효과가 있을 것 아니겠나."

뒤팡이 말했다.

"그리고 국장과 그 부하들이 그렇게 자주 실패할 수밖에 없었던 이유는 첫째, 자신들이 상대하고 있는 D장관과 이런 식으로 수준을 똑같이 맞춰놓고 생각해 보려는 시도가 아예 없었던 데서 비롯되었고, 다음으로는 그 수준을 잘못 파악했던가 아니면 아예 파악조차 하지 않으려고 했던 데 있는 거라네. 그들은 자신들만 영리하다고 착각하고 만약 그들 자신이 그 편지를 훔쳤더라면 숨겼을 법한 그 방법만을 염두에 두고 있을 뿐이었던 거지.

그들이 이렇게밖에 하지 못한 것이 어쩌면 당연할지도 모르지. 대다수의 많은 사람들이 생각하고 있는 수준이란 잘해야 그 정도니까 말일세. 그렇지만 범죄를 저지른 어떤 악당이 그들의 생각에서 조금만 벗어나 버린다면, 그들은 속수무책이 되어 버리는 것이지. 이런 경우는 상대가 그들보다 뛰어난 경우에 늘 발생하는 법이지. 아주 드물게 그 반대의 경우도 있기는 하지만 말일세.

그들은 자신들의 수사 원칙에 너무나 고지식하게 매달렸던 거라네. 아주 긴급한 비상사태이거나 보상이 엄청나다거나 하는 경우에도, 고작 하는 것이 그동안 해 오던 케케묵은 방법 그대로 수사 규모만 늘린다거나 하면서 호들갑을 떠는 정도일 뿐이고, 결코 그들의 수사 원칙의 변화에 대해서는 조금도 고려하지 않는 것이지. 가령, 이번의 D장관의 편지 도난 사건에서도 수사 방식에 대해서 조금의 변화라도 있던가? 고작 한 것이라곤 구멍을 내고, 바늘로 쑤시고, 흔들거나 두드려서 소리를 들어 보고, 확대경으로 구석구석 들여다 보고, 실내의 표면을 평방 인치 단위로 나누어서 살펴보고 했는데, 이런 것들이란 곧 국장이 오랫동안 경찰업무를 해 오면서 익숙해져 있는 범죄에 대한 인간의 지능적인 생각에 관한 일련의 개념들을 기초로 만들어 놓은 어떤 수사의 원칙 내지는 방침을 보다 철저하게 적용시킨 것에 지나지 않는단 말일세.

자네, 국장 그 양반 하는 모양새를 보지 않았는가. 모든 사람들이 예외 없이 편지를 숨길 때는 의자 다리에 구멍을 내어 그 속에 숨기는 것이 아니라 그런 곳과는 뭔가 조금 다른 구멍이나 틈 사이에다 숨기는 것이라고 아예 단정을 지어 버리는 그 태도말일세. 그렇지만 그런 곳에 숨기려는 생각이나 그냥 책상 다리 구멍에 숨기려는 생각이나 다를 것이 뭐 있는가 말일세. 그리고 그런 식으로 공들여 만들어 놓은 곳에 숨기는 경우는 뭐 그다지 중요하지 않은 것들을 숨길 때나 해당되는 것이고, 또 별 생각 없는 사람들이나 그렇게 숨기는 것이지. 왜냐하면 무언가를 숨겼다고 할 때는 그런 곳에 숨길 거라는 것은 아예 처음부터 생각할 수 있고 또 실제로 그렇게 하는 것이거든. 그러면 그렇게 숨긴 것을 찾아내는 데는 날카로운 통찰력 같은 것은 필요가 없지. 그냥 끈질기게 확인해 가면서 나올 때까지 찾으면 되는 거니까 말일세. 그리고 그 사건이 무척 중요한 의미를 가지고 있다면, 즉 정치적인 관점에서 상당한 파괴력을 가지고 있고 또 해결에 대한 보상이 엄청난 경우에 지금까지 그런 사건 해결 방식이 기대를 저버린 적은 없었다고 생각한다는 거지.

자네, 이제는 내 말의 의미를 이해할 수 있겠지. 즉 만약에 도난 당한 그 편지가 국장의 조사 범위 내에 숨겨져 있었다면, 다시 말해서 그 편지를 숨겨 놓은 방식이 국장의 원칙 안에서 이해될 수 있는 거였다면 그것을 찾아내는 것쯤은 문제가 아니라는 거지. 그러나 우리 국장께서는 완전히 엉뚱한 곳에다가 정신을 팔고 있었던 거라네.

그리고 그가 편지를 찾아낼 수 없었던 근본 이유는 애초에 그 장관을 멍청이 취급해 버렸다는 것이네. 왜냐하면 그 장관이 시인이라고 알려져 있었기 때문인데, 모든 시인은 다 멍청하다고 국장은 항상 생각하고 있으니까 말일세. 그는 그렇게 모든 시인은 멍청이라고 단순하게 생각해 버리는 우를 범했다는 것이지.”

“하지만 그 장관은 정말로 시인이 맞는가?”

내가 물었다.

"형제가 둘 있다고 들었는데, 두 사람 모두 문학적 명성이 있나 보던데. 장관 자신은 미분학에 관한 책을 저술했다고 알고 있네. 그는 수학자이지 시인은 아닌 것 같은데."

"자네가 조금 잘못 알고 있는 거라네. 나와 그는 잘 아는 사이야. 그는 수학자이면서 시인이기도 하지. 그의 사고력은 아주 뛰어나다네. 하지만 단순히 수학자로서 사고했을 리는 없겠지. 만약 그랬더라면 그는 꼼짝없이 국장의 먹이감이 되어 버렸을 테니까 말일세."

"이런 놀랄 일이 있나!"

내가 뒤팽의 말을 맞받았다.

"자네의 이런 이야기는 세간의 평가와는 완전히 다르잖아! 오랜 세월 동안 대다수의 사람들이 믿고 있는 관념을 설마 뒤집으려고 하는 것은 아니겠지? 분석적 사고력에 있어서는 수학자들이 최고라고 오랫동안 다들 알고 있지 않은가."

"'단언할 수 있는 것은' ……."

뒤팽은 샹포르의 말을 인용했다.

"'모든 세속적인 관념과 관습은 대중들로부터 나오는 것이기에 어리석은 것이네' 자네 말이 맞네. 하지만 수학자들은 자네가 언급한 바와 같이 잘못된 관념을 널리 전파하는 데 무척 애를 써 왔네. 사람들은 그 관념을 사실로 생각하고 있지만 사실은 그게 착각이란 말일세. 예를 들면, 수학자들은 분석(analysis)이란 용어를 대수학(algebra)적 용어인 양 은근슬쩍 사용하고 있는데, 거기에는 다른 의도가 있는 거라네. 이런 말도 안 되는 주장을 가장 먼저 내놓은 자들이 바로 프랑스 수학자들이지.

하지만 만약에 어떤 용어가 중요한 의미를 가지고 있어서 많은 다른 뜻의 어휘로 활용이 된다면, 그때야 라틴어의 'ambitus(이리저리 돌아다닌다는 뜻)'가 'ambition(야망)'으로, 'religio(예의나 형식을 철저히 지킨다는 뜻)'가 'religion(종교)'으로, 'homines honesti(저명한 인사라는 뜻)'가 'honorable men(훌륭한 인물)' 등의 의미로 파생되어 온 것과 같이, 'analysis'도 'algebra'의 의미를 가지는 것이야 당연하겠지만 말일세."

"자네가 최근에 파리의 수학자들과 논쟁을 벌이는 중이란 건 알고 있네만, 하여튼 계속해 보게나."

"나는 전혀 추상적 인식논리가 아닌 사고에 의해 추론되는 논리의 유용성과 그 가치에 대해서는 부정적인 입장이라 이 말이네. 특히 수학적 사고에서 나오는 논리에 대해서는 더더욱 그렇다는 말일세. 수학이란 도형圖形과 수數를 다루는 학문 아닌가. 수학적 사고란 단지 이런 형태와 수에 대한 관찰을 위한 논리일 뿐이라는 것이지. 그들의 결정적인 오해는 소위 순수대수학이라는 것의 명제들이 추상적이며 일반적 진리를 담고 있는 보편명제들이라고 생각한다는 것이지. 그런데 이런 주장이 당연한 것인 양 널리 세상에 받아들여지고 있는 이 터무니없는 현실을 보면 나는 머리가 아프다네. 수학의 공리公理는 보편적 진리를 담고 있는 것이 아닌데도 말일세.

도형과 수에 적용되는 연산법칙은 정신적 영역에 있어서는 완전히 다른 결과가 나오는 경우가 허다하지 않은가 말일세. 정신적 영역에서의 계산은 각 부분을 합한 값이 수학적으로 계산한 그 전체의 값과 일치하지 않는 경우가 너무도 많지 않은가. 화학에서도 역시 같은 현상을 볼 수 있는 것이고. 수학은 정신적인 동기를 전혀 고려하지 않고 있지. 정신적인 동기는 합한다고 해도 반드시 그 각각을 합친 것과 같은 크기가 되는 것은 아니지 않은가. 이외에도 단지 수학적 연산에만 적용이 되고 그 범위를 벗어나면 진리로서의 가치를 잃어버리는 수학적 공리는 무수히 많이 있지. 그러나 수학자들이란 제한적으로만 적용될 수 있는 명제를 마치 절대적으로 완벽한 진리인 양 주장해대는데, 세상 사람들도 그 말을 곧이곧대로 믿는단 말일세.

브라이언트도 그의 연구서인 《신화론神話論》에서 이와 유사한 오류의 예를 들고 있는데, '사람들은 이교도들의 이야기를 꾸며 낸 것이라 하면서 믿지 않으면서도, 그런 생각을 깜빡 잊어버리고는 그 이야기가 현실적인 진리를 담고 있다고 생각한다'라고 기술하고 있는 부분이 그렇다네. 하지만 수학자들이야 자신들이 곧 그 이교도들이니 그들 스스로 만든 이야기를 믿는 것은 너무나 당연한 것이고, 그런 믿음은 단순한 착오의 문제라기보다는 끊임없는 세뇌작용의 결과라고 해야겠지.

간단히 말하자면, 지금껏 나는 수학자들의 그와 같은 공통된 근본 인식에서 자유로운 수학자를 한번도 만나보지 못했다는 이야기지. 즉 어느 수학자이든 간에 모두 $x^2 + px$는 절대적으로 그리고 무조건적으로 q가 된다는 신앙과도 같은 믿음을 가지고 있다는 말일세. 자네가 시험 삼아 한번 확인해 보고 싶다면, 점잖은 수학자 하나를 아무나 붙잡고 $x^2 + px$가 반드시 q가 되는 것은 아니라고 생각한다고 그에게 말해 보게나. 그리고 자네의 말을 그 수학자가 알아들었다 싶은 순간에는 곧바로 그에게서 좀 떨어져야 할걸세. 틀림없이 그는 자네에게 주먹질을 하려고 할 테니까 말일세."

"내 말은 말일세."

그의 말에 나는 그냥 웃고만 있었고, 뒤팡은 계속해서 말을 이어나갔다.

"만약에 장관 그 양반이 단순히 수학자적 인식만으로 생각하고 대처했었다면, 국장이 이 수표를 나에게 건네는 이런 상황까지는 오지 않았을 걸세. 하지만 나는 그가 수학자이면서도 시인이라는 것을 알고 있었지. 그리고 그의 이런 자질과 더불어 그의 주변 환경에 대해서도 고려를 했던 거지. 그는 또한 궁정대신이고 그리고 아주 과감한 책략가策略家이기도 하지. 이런 양반이 경찰들의 그 진부한 수사방식을 모를 리가 있겠는가 말일세. 그는 이런저런 예측을 모두 하고 있었던 것이고, 실제로 노상강도를 위장하여 그의 몸을 수색한 그 사건에서 보는 바와 같이 그가 그런 예측을 하고 있었다는 것이 그대로 증명되지 않는가 말일세.

돌이켜 생각해 보면, 그는 자신의 숙소가 은밀하게 수색 당할 것을 예견하고 있었던 것이네. 밤에 그가 숙소를 자주 비운 것도, 국장이야 그것이 집을 몰래 수색하는 데 큰 도움이 되었다고 좋아했지만 사실은 그의 계략이었다고 생각되네. 즉 경찰에게 자신의 숙소를 샅샅이 뒤질 수 있는 기회를 줌으로써 그 편지가 그곳에는 없다는 확신을 보다 빨리 가지게 하기 위한 책략이었다는 것이지. 그리고 그의 예상대로 국장은 그렇게 결론을 내리지 않았는가.

자네에게 자세하게 설명하기가 좀 난감하지만, 도난 당한 물건을 찾아내는 경찰의 일정한 수색 방식에 대해 장관 양반은 처음부터 끝까지 체계적이고 치밀하게 생각해 보았던 것 같네. 그런 생각을 했기 때문에 그런 일반적인 방법으로 편지를 숨긴다는 것은 아예 고려조차 할 수 없었던 것이었겠지. 숙소의 가장 은밀하고 깊숙한 곳조차도 활짝 열려 있는 그의 서재와 다를 바 없이 국장 무리들의 눈과 손 그리고 송곳과 확대경을 피할 수 없다는 것을 모를 정도로 호락호락한 위인은 아니라고 생각하고 있었네. 그래서 그가 이것저것 신중하게 고민해 가면서 선택했다기보다는 그냥 어떤 단순한 방법으로 처리해야겠다는 생각이 들었을 것이라는 결론을 내리게 되었던 것이라네.

처음 국장과 만났을 때 내가 그에게 이 사건은 너무도 단순 명료하게 보이는데 오히려 그것 때문에 국장이 어려운 곤경에 처할 수도 있을 것이라고 했을 때 그가 미친 듯이 웃어대던 것은 자네도 아마 기억이 날걸세."

"그랬었지."

내가 답했다.

"그가 아주 재미있어 하던 모습이 눈에 선하네. 나는 그가 그러다가 뒤로 나자빠지는 건 아닌가 하고 걱정까지 되더구먼."

"물질세계와 정신세계 사이에는 아주 유사한 면들이 많이 있지."

뒤팡이 계속해서 말했다.

"그래서 그것들을 교묘한 말솜씨로 갖다 붙이면 마치 정말로 같은 것이라는 생각이 들기도 하거든. 게다가 은유적 표현에다가 가끔 미소를 슬쩍 끼워 넣거나 하면서 미사여구美辭麗句를 동원하면 더더욱 그 주장이 그럴듯하게 보이는 거라네.

예를 들면, '관성의 법칙'은 물리적인 차원에서나 정신적인 차원에서나 동일하게 적용되는 것처럼 보인다네. 물리적인 차원의 경우, 어떤 물체가 정지된 상태에서 처음으로 움직일 때 큰 물체가 작은 물체보다 더 많은 힘이 필요하고 또 이후의 물체의 운동력은 처음에 가해진 힘의 크기에 비례한다는 것이 사실이지만, 정신적인 차원에서도 풍부한 지적 역량을 갖춘 자들의 생각이 보다 강력하고 지속적인 효과를 내면서 그 파장도 크지만 처음에는 이런저런 많은 생각을 거치면서 보다 신중하면서도 느리게 움직인다는 것도 분명한 사실이기 때문이지. 또 다른 예를 들어

보세. 자네는 길거리의 가게 간판들 중에서 어떤 간판이 가장 쉽게 눈에 들어오는가?'

"그런 건 한번도 깊게 생각해 본 적이 없는데."

"여기 지도를 가지고 하는 퍼즐 게임이 있어. 한쪽편이 제시하는 지도상의 단어를 상대편이 찾아내는 건데, 도시, 강, 주州, 빌딩 이름 등등 얼룩덜룩하고 복잡한 지도상의 아무 이름이나 묻고 찾고 하는 거지. 이런 게임을 처음 하는 사람은 대게 지도상에 가장 작게 깨알같이 인쇄된 이름을 골라 찾으라고 하면서 상대방을 골탕 먹이려고 하지. 하지만 이런 게임을 많이 해본 사람은 지도 한쪽 끝에서 끝까지 크고 길게 쭉 쓰여진 이름을 고른다네. 이런 것들이, 길거리에 지나치게 큰 글자로 쓰여진 간판이나 플래카드가 너무나 크고 분명하기 때문에 오히려 눈에 잘 들어오지 않듯이, 눈에 띄지 않는 법이거든.

너무나 크기 때문에 오히려 눈에 잘 들어오지 않는 이러한 물리적인 현상은, 역시 너무나 뚜렷하고 분명하기 때문에 오히려 그것을 인식하지 못하고 간과해 버리는 정신적인 측면에서의 인식의 허점과 아주 유사하지 않는가 말일세.

국장은 어쨌거나 이 점을 이해하지 못한 것 같네. 장관 양반이 그 편지를 누구나 다 볼 수 있는 곳에 내던져 놓음으로써 오히려 그 누구도 그것의 존재에 대해 인식한다거나 관심을 가지지 못하도록 할 것이라는 생각을 국장은 전혀 못했던 것이지.

호기 있으면서도 용감하고 탁월한 지적 능력을 갖추고 있는 D장관에 대해서, 그리고 그 편지를 그가 특정한 목적에 이용하려는 의도라면 반드시 그의 수중에 두고 있을 것이라는 생각을 하면 할수록, 게다가 국장으로부터의 설명 등을 종합한 결과 경찰의 일반적인 수색 범위 내에는 그 편지가 절대로 숨겨져 있지 않다는 확신이 들었네. 그리고 나니 장관 양반은 전혀 그 편지를 숨겨 놓을 의도가 아니라는 듯이 누구나 볼 수 있는 곳에 드러내 놓는 교묘한 방법을 택했을 것이라는 심증이 더더욱 굳어지더구먼.

이렇게 생각을 굳히고는, 나는 검은 색안경을 마련해서는 어느 화창한 날 아침에 우연히 들러보게 된 것처럼 하면서 장관의 숙소를 찾아갔었네. 장관 양반은 숙소에서 하품을 해대며 왔다 갔다하고 있었는데 너무 지루해서 죽겠다는 듯한 표정을 짐짓 지어 보이더구먼. 아마도 그보다 더 활력 있고 분주한 사람은 없을 텐데 말일세. 하지만 그는 사람들이 보는 앞에서는 절대로 그런 활기찬 모습을 내보이지는 않는다네.

그렇게 자신을 숨기는 그에게 나도 눈이 햇빛에 무척 약해서

할 수 없이 색안경을 쓰지 않으면 안 된다고 한숨까지 쉬어가며 투덜거리고는, 색안경을 쓴 채 실내 전체의 구석구석을 아주 꼼꼼히 살펴보았네. 겉으로는 장관 양반과의 대화에 열중하고 있는 척하면서 말이네.

나는 특히 그의 바로 옆에 있는 널찍한 책상을 유심히 보았는데, 그 위에는 편지 몇 통과 서류들이 어지럽게 널브러져 있었고 악보와 책들도 몇 권 있었네. 하지만 아주 오래도록 자세히 살펴보았는데도 특별히 의심이 갈 만한 것은 눈에 띄지 않았네.

방안을 샅샅이 훑어 가던 내 눈이 마침내 두꺼운 종이로 만든 볼품없는 싸구려 공예품 상자에서 딱 멈춰지더군. 벽난로 바깥 장식의 한가운데에 동銅으로 만든 둥글고 굵은 못을 박아 너덜너덜한 파란색 리본으로 아무렇게나 매달아 놓았더구먼. 꽂는 칸이 서너 개인가 있었는데 대여섯 통의 명함과 편지 한 통이 딸랑 꽂혀 있더군. 이 편지는 상당히 때가 묻어 있고 구겨져 있었네. 그리고 한가운데에서 거의 두 조각으로 찢겨져 있었는데, 처음에는 아무 소용이 없는 것이라서 찢어 버리려고 했다가 다시 마음이 바뀌었는지 그냥 내버려 둔 듯한 모양을 하고 있었네. 크고 검은 봉인封印이 찍혀 있었고, D장관의 이름이 아주 선명하게 적혀 있었으며, 수신 주소는 섬세하고 여성스런 필치로 장관의 숙소가 적혀 있었네. 그 편지는 마치 귀찮은 우편물인 것처럼 보이도록 상자의 맨 위칸에 아무렇게나 쑤셔져 있더군.

이 편지에 눈길이 가는 순간, 나는 이것이 바로 내가 찾던 그 편지라고 주저 없이 단정을 지었네. 사실, 국장이 우리에게 그렇게 자세하게 해 준 설명과 그 편지의 겉모양을 하나하나 비교해 보면 완전히 다른 모양이었네. 이 편지의 봉인은 크고 검은색이면서 장관의 이름이 적혀 있는 반면, 국장의 설명은 작고 붉은색의 봉인에 S공작 가문의 문장이 찍혀져 있다고 했거든. 그리고 수신인이 장관 그 양반으로 되어 있는 글씨의 필체도 섬세하고 여성적인 반면, 국장의 설명에 따르면 그 편지의 수신인은 모 왕실의 인사이며 그 글씨도 대담한 달필이라고 했었네. 다만 편지의 크기에 대해서는 국장의 설명과 꼭 같았을 뿐이지만 말일세.

하지만 바로 이 점이, 즉 국장의 설명과는 너무나 다른 그 편지의 구겨지고 때가 묻고 찢어버리려고 했던 자국이 그대로 남아 있는 그 겉모양이, 본래는 아주 단정하고 깔끔한 성격인 장관 양반의 숨은 모습과는 너무도 어울리지 않기도 했고, 또 그 편지를 보는 사람으로 하여금 정말 쓸모 없는 것처럼 생각되도록 현혹하기 위한 것이라는 느낌과 함께, 너무도 과감하게 방문객 모두의 눈에 띄는 곳에 놓아 둔 점이 내가 앞서 내린 결론과 정확하게 맞아떨어지더군. 즉 이런 모습들에서 그 편지가 문제의 도난 편지라는 강한 확신을 가지게 되었던 것이라네.

나는 가능한 오래 머물기 위해 장관의 성격상 반드시 관심을 갖고 흥분하지 않을 수 없는 그런 화제로 아주 열띤 토론을 이끌어 가면서, 한편으로는 그 편지에서 눈을 떼지 않고 하나하나 세밀하게 살펴보았네. 이렇게 하면서 그 편지의 겉모양과 상자에 꽂혀 있는 모습까지 죄다 기억을 해 두었네.

그런 도중에 그것이 문제의 편지라는 사실이 틀림없음을 확신시켜준 특징을 하나 발견했네. 눈여겨보니까 그 편지의 테두리가 필요 이상으로 구겨져 있었네. 테두리는 마치 딱딱한 종이를 한 번 접어 꾹 누른 다음 펴서 그 접은 선을 따라 그대로 다시 반대 방향으로 접었을 때 나타나는 쭈글쭈글한 선들이 있었는데, 이 정도로도 그 이유를 충분히 알 수가 있었네. 그 편지는 분명히 장갑을 뒤집듯이 안을 밖으로 뒤집어서는 다시 그 위에 주소를 쓰고 봉인을 새로 했던 것이었네. 나는 장관 양반에게 작별인사를 하고 곧바로 그의 숙소를 나왔네. 금으로 만든 담뱃갑을 슬쩍 떨어뜨려 놓고 말일세.

다음날 아침, 나는 두고 온 그 담뱃갑을 찾는다는 빌미로 그를 다시 찾아갔네. 그리고는 전날 벌였던 그 화제로 다시 열띤 토론을 시작했네. 그렇게 한참 토론의 열기가 무르익어 가는 도중이었는데, 갑자기 그의 숙소 창문 바로 아래에서 무슨 총 소리 같은 커다란 소리가 들려오면서 공포에 찬 비명 소리와 겁에 질린 사람들이 다급하게 외쳐대는 소리가 이어서 계속 들려왔네. 장관은 급히 창가로 가서 창문을 활짝 열어젖히고는 아래로 내려다보았는데, 그때를 이용해 나는 그 상자로 가서 재빨리 그 편지를 호주머니에 집어넣고, 그것 대신 내 방에서 미리 세심하게 만들어 둔 겉모양이 똑같은 모조 편지를 꽂아 두었지. 겉에는 D장관의 이름이 새겨져 있고 봉인은 빵을 이용해서 똑같이 만들어 찍어 두었던 거지.

그 소동은 한 남자가 길거리에서 구식 소총을 들고 미친 듯이 난리를 피우는 바람에 벌어진 것이었는데, 여자들과 아이들 사이를 돌아다니며 마구 총질을 해대었지. 하지만 알고 보니 실탄이 아닌 공포탄이었고, 미치광이가 아니면 술 취한 자일 거라고 그냥 내버려두었네. 그러다가 그도 어디론가 사라져버렸다. 그러자 장관도 창가에서 다시 자리로 돌아왔는데, 나도 편지를 잽싸게 챙긴 후 즉시 그의 뒤를 따라 창가에 가 있었지. 잠시 후 나는 작별인사를 하고 그의 숙소를 나왔네. 그 미치광이 역할을 했던 남자는 내가 돈으로 매수해 놓았던 사람이었네."

"하지만 모조 편지까지 만들어서 바꿔치기를 해야 할 어떤 다른 이유라도 있었는가?"

내가 물었다.

"처음 찾아갔을 때, 그냥 들고 나와 버리는 게 더 낫지 않았는가?"

"D장관 그 양반……."

뒤팽이 말했다.

"막무가내인 듯 하면서도 무척 세심한 면이 있다네. 그의 숙소에는 그에게 충성하는 부하들이 대기하고 있다고 보아야 할 걸세. 만약 자네 말대로 그렇게 편지를 가지고 나왔더라면 아마 나는 장관의 숙소를 살아서 빠져 나올 수는 없었을 걸세. 파리의 친구들은 더 이상 내 멋진 목소리를 못 들었을 거라 이 말일세.

그러나 이런 생각 말고도 다른 목적이 또 하나 있기는 있었네. 자네는 내 정치적 성향을 알고 있지 않은가. 나는 이번 사건에 있어서는 편지를 잃어버린 그 부인 편에 선 거라네. 장관은 일년 반 동안 그 부인을 손아귀에 쥐고 있지 않았는가. 그런데 이제는 그 반대가 되어 버렸지. 왜냐하면 그 편지가 실제로는 그의 수중에 없다는 사실을 모르고 있기 때문에 장관은 마치 편지를 쥐고 있는 양 앞으로도 계속해서 그런 압력을 행사하려고 할 테고, 그렇게 되면 그의 정치 생명은 필연적으로 끝나버릴 테니까 말일세. 그의 그런 몰락은 마치 절벽을 굴러 내려가는 듯한 꼬락서니일 걸세. '지옥으로 떨어지기는 쉽다' 라는 구절이 절로 떠오르는 장면이겠지. 하지만 카탈라니는 성악聲樂에서 고음보다는 저음이 어렵다는 이야기를 한 바가 있지. 무릇 무엇이든 간에 올라가는 것보다는 내려오는 것이 훨씬 더 어렵다는 것인데.

지금으로서는 그의 정치적인 추락에 대해 어떠한 동정심도, 즉 조금의 유감 같은 것은 전혀 없다네. 그는 무자비한 괴물이며 머리만 영리한 파렴치한이니까 말일세. 하지만 솔직히 말하자면, 국장이 '고위층 인사' 라고 언급한 그 부인이 내가 그의 상자에다 남긴 모조 편지를 공개하라고 되받아치고 나왔을 때, 장관 양반이 과연 어떠한 생각과 논리로 대처를 할 것인가 하는 점이 너무나 궁금해지기는 한다네."

"그럼? 자네는 그 편지에 특별한 내용이라도 적어 두었단 말인가?"

"당연하지. 편지 안을 그대로 비워 두는 것은 뭔가 마음에 들지 않더군. 그래서 몇 자 적어 두었는데 아마도 장관은 그 내용을 보면 몹시 모욕감을 느끼게 될 걸세. 일전에 비엔나에서 그가 나를 한 번 골탕먹인 적이 있는데, 나는 아주 점잖게 그에게 그 빛을 갚아드리겠다고 한 적이 있었네. 그래서 그를 이처럼 골탕 먹인 사람의 정체가 누구인지 무척 궁금해 할 것이 뻔하기 때문에 그에게 조금의 실마리라도 남기지 않으려니 유감스러웠네. 그는 나의 필체를 잘 알고 있기도 하니까, 다음과 같이 하얀 편지지 한가운데에 적어 두었지.

"이런 비통한 계획은 아트레에게는 어울리지 않지만 티에스트에게는 제격이리라."

이 구절은 크레비용(프랑스 시인)의 작품인 《아트레─아트레는 자신의 아내를 유혹한 티에스트를 화해를 핑계로 술자리에 초청해 놓고 티에스트의 두 아들을 죽여 그 인육을 먹게 한 뒤 이 사실을 털어놓는 것으로 복수를 했다는 그리스의 전설을 극화한 작품─》에 나오는 것일세.

The Pit and the Pendulum

함정과 시계추

나는 오랫동안 계속되는 모진 괴로움으로 죽고만 싶은 심정이었다. 마침내 그들이 나를 풀어주고 자리에 앉혔을 때는 내 몸의 모든 감각이 다 빠져나가는 듯한 느낌이었다. 마지막으로 분명하게 내 귓전을 때린 것은, 바로 그 무서운 사형선고死刑宣告였다. 그리고는 꼬치꼬치 캐묻는 것 같은 목소리들이 흐물흐물해지더니 마치 꿈속의 웅얼거림처럼 들려왔다. 그 소리에 '혁명' 당시의 생각이 묻어 나왔는데, 그 소리가 풍차 돌아가는 소리처럼 들렸기 때문이었던 것 같다. 그러나 아주 잠깐 들려왔을 뿐 이내 사라져버렸다.

잠시 무언가가 눈에 보이는 것 같았는데, 너무도 소름끼치는 모습이었다. 검은 법복法服을 두른 재판관들의 입술이 백짓장 같았다. 지금 이 글을 쓰고 있는 종이보다도 더 하얀 색깔을 띠고 있었다. 그리고 그들의 입술은 기괴할 정도로 가늘고 날카로웠는데, 고문에 대한 혐오감을 엄숙하고 단호한 어조로 내뱉고 있는 굳은 얼굴 표정 때문에 더욱 날카롭게 느껴졌다.

나의 운명을 결정지을 판결문의 내용이 그들의 입술에서 흘러나오고 있었다. 그들의 입술은 치명적인 내용을 쏟아내며 요동치고 있었다. 내 이름이 또박또박 흘러나왔다. 그러고는 아무 소리도 들리지 않으면서 나는 온몸에 전율을 느꼈다. 정신을 잃어

버릴 듯한 공포 속에서도 실내의 벽을 두르고 있는 담비 모피로 만든 검은색의 벽모전이 눈에 보일 듯 말 듯 가볍게 흔들리는 것을 느낄 수 있었다. 그러면서 탁자 위에 놓여 있는 일곱 개의 큰 촛불이 문득 눈에 들어왔다. 처음에는 초들이 자비로운 느낌을 주면서 마치 나를 구원하러 온 아름다운 일곱 명의 천사처럼 느껴졌다. 그러나 갑자기 미쳐버릴 것만 같은 현기증이 일어나면서 마치 전기 배터리의 선을 잘못 건드린 것처럼 온몸의 근육이 경련을 일으켰다. 천사의 형상은 흐물흐물 사라져 버리면서 촛불만 날름거리고 있었는데, 앞서 느낀 희망도 함께 사라지는 것 같았다.

그런데 그때 강렬한 음률이 가슴 깊숙이 파고들 듯, 내 주위의 모든 것이 죽어서 무덤 속에 들어와 있는 것 같은 짜릿한 느낌이 들었다. 천천히 감싸오던 이런 느낌은 얼마 안 있어 분명한 모습을 드러냈다. 하지만 마침내 모든 것을 분명하게 느끼고 인식하는가 싶은 그 순간, 재판관들의 모습은 마치 마술과도 같이 내 눈 앞에서 사라져 버리고 없었다. 큰 촛불도 형체를 감추어 버렸고, 불꽃도 함께 사라져 버리고 없었다. 칠흑 같은 어둠만이 주위를 덮쳐오고 있었다. 모든 인식과 느낌은 마치 지옥의 나락으로 떨어지는 영혼처럼, 갑자기 끝없는 저 아래로 깊숙이 잠겨 버리는 것만 같았다. 그리고 고요와 정적, 어둠만이 있을 뿐이었다.

나는 혼절을 했었다. 그렇다고 완전히 모든 의식을 잃었던 것은 아니다. 남아 있던 의식이 어떤 것이었는지 설명할 수는 없지만 아무튼 아주 희미한 의식이 남아 있었다. 깊은 잠에 빠진 것도, 정신 착란을 일으킨 것도, 기절을 한 것도 아니었다. 그렇다고 죽은 것도 아니었다. 죽어 무덤 속에 들어가더라도 모든 것이 다 사라지는 것은 아니다. 만약 그렇다면 인간에게 영생이란 없을 테니까 말이다. 아주 깊은 잠에서 깨어나면서 우리는 어떤 꿈 속으로부터도 빠져 나오게 된다. 하지만 금방—그 꿈이 너무나 희미했을 수도 있지만—그 꿈을 잊어버린다.

이런 혼절 상태에서 제 정신으로 돌아오는 과정은 두 단계를 거친다. 먼저 정신적으로 의식이 돌아오고, 그 다음에 육체적 감각이 돌아오는 것이다. 두 번째 단계인 육체가 존재하고 있다는 감각을 다시 느꼈을 때 만약 정신이 돌아오던 첫 번째 단계의 그 의식이 느껴진다면, 혼절해 있던 그 당시의 기억을 분명하게 떠올릴 수 있을지도 모른다. 그런데 그 혼절 상태란 도대체 어떤 상태를 말하는 것일까? 어떻게 그 상태가 적어도 죽음과는 다른 상태라고 구별할 수 있는 것일까? 하지만 내가 첫 번째 단계라고 말한 그 의식이 시간이 흐른 후에 좀처럼 기억나지 않는다면, 혼절 당시의 기억은 불가능하다는 말이고, 그래서 의식이 돌아오면 어떻게 된 것인지 어리둥절한 것일까?

혼절을 한 번도 경험하지 못한 사람은 이상한 궁전을 보거나 검정 숯을 칠한 붉은 얼굴이 친근하게 느껴지는 경험을 결코 하지 못한다. 그에게는 허공을 떠도는 슬픈 영상들이 눈에 보일 리 없으며, 기이한 꽃향기에 그윽하게 심취하는 것도, 난생 처음 들어 보는 매혹적인 음률도 그에게는 아무런 의미가 없는 것이다.

깊은 생각을 하면서 무언가 기억해 보려고 노력을 하는 도중에, 그리고 모든 것이 사라져 버리고 아무것도 없다고 느꼈던 그 상황을 열심히 다시 떠올리는 도중에, 무언가 기억이 떠오르는 듯한 느낌이 들 때가 몇 번 있었다. 아주 잠깐씩 기억이 떠오르는 경우가 있었는데 나중에 보다 분명한 이해를 통해 확신하게 되지만, 이런 기억은 단지 무의식 상태에서 나오는 것이라고밖에 말할 수 없을 것 같다.

어렴풋이 어른거리는 그 기억 속에는, 키가 큰 자들이 나를 번쩍 들어 아무 말 없이 아래로 아래로만 줄달음을 쳐 내려갔는데, 이렇게 끝없이 아래로 추락해 버리는 것은 아닐까 하는 생각에 온몸이 아찔해지고 두려움이 덮쳐오면서 심장이 멎어버릴 것 같은 느낌과 함께 공포감이 엄습해 왔었다. 그리고는 갑자기 주위의 모든 것이 정지해 버린 듯한 느낌이 들었는데, 무시무시한 속도로 나를 들고 내달리던 키 큰 자들이 끝도 알 수 없는 그 깊은 심연속으로 마침내 떨어져 소리 없이 지친 숨을 고르고 있는 것 같았다. 그런 후에 나는 바닥에 드러누워 있었던 것 같았는데, 등이 축축한 느낌이 들었다.

그러자 갑자기 모든 것이 뒤엉켜 버리고, 머릿속은 생각지도 말아야 하는 온갖 기억들로 뒤죽박죽 되어 버렸다.

홀연 무언가 움직이는 소리가 느껴졌다. 심장이 거칠게 박동을 치며 그 소리가 내 귓속을 울리고 있었다. 그러다 모든 게 텅 빈 듯한 정지상태가 이어지고, 그러다 다시 움직이는 소리가 들리면서 무언가가 나를 건드리는 느낌과 함께 온몸을 쑤시는 통증이 왔다. 그리고는 내가 아직 살아 있다는 느낌을 받았지만 의식은 전혀 없었다. 한동안 이런 상태가 지속되었다.

그러다 너무나 갑자기 의식이 돌아오면서 무서운 공포감에 온몸이 떨려왔지만 그래도 온갖 힘을 다해 제 정신을 찾아보려고 하다가도, 다시금 정신을 놓아버리고 싶은 생각이 강하게 들기도 했다. 그러다 갑자기 의식이 빠르게 돌아오면서 몸도 조금 움직여졌다. 그리하여 마침내 그 재판과 재판관들, 그리고 검은색의 벽모전, 판결문, 나의 정신적 고통과 혼절한 사실 등이 아주 분명하게 기억났다. 그리고 그 뒤의 모든 것은 하나도 기억이 나지 않았지만, 다음날 상당한 노력을 한 끝에 어렴풋이 그것들을 기억해 낼 수 있었다.

그때까지 나는 눈을 뜨지 못하고 있었다. 나를 묶었던 줄에서 풀린 채 바닥에 등을 대고 누워 있는 것 같았다. 손을 뻗어 보았는데 무언가 축축하고 딱딱한 것이 만져졌다. 몇 분 간을 그런 상태로 가만히 누워 있었는데, 내가 지금 있는 곳이 도대체 어디며 나는 과연 어떤 모습일까 하는 생각이 갑자기 밀려 왔다. 무척 눈을 뜨고 싶었지만 두려웠다. 눈을 뜨면 주위가 어떤 모습일까 하는 두려움이었는데, 무엇인가 끔찍한 게 보이면 어쩌나 하는 생각보다는 아무것도 보이지 않으면 더욱 무서울 것 같았기 때문이었다. 마침내, 될 대로 되라는 심정으로 눈을 번쩍 떠 보았다. 정말 두려워했던 그대로의 모습이었다. 끝이 보이지 않는 새까만 어둠만이 나를 둘러싸고 있었다. 나는 숨이 막혀오는 것 같았다. 짙은 어둠이 무겁게 나를 내리누르며 숨통을 죄어오는 듯 했다. 들이쉬는 공기마저도 숨을 턱턱 막았다.

나는 가만히 누워 이런저런 생각을 해보려 노력했다. 심문과정을 떠올리고, 그때부터 지금까지의 진행과정을 되짚어보려고 했다. 판결문의 낭독이 끝나고, 그 이후로 아주 긴 시간이 흐른 것 같은 느낌이었다. 하지만 내가 실제로 죽었을지도 모른다는 생각은 조금도 들지 않았다. 그런데 이런 생각은 소설에서 보는 것과는 달리 언제나 틀리기 마련인데 말이다. 어쨌든 나는 어디에 있는 것이고 또 어떤 상태일까 하는 생각이 밀려왔다. 사형선고를 받은 자들은 지체없이 형장의 이슬로 사라진다고 나는 알고 있었고, 내 재판이 있었던 바로 그날 밤에도 한 명이 사형집행을 당했었다. 혹 나는 지금 감방에 돌아와 다음의 사형집행을 기다리고 있는 것은 아닐까? 그러면 몇 달 동안은 더 살 수 있을 텐데. 그러나 곧바로 그럴 리가 없다는 생각이 들었다. 사형은 곧바로 집행되는 것이 지금까지의 관례였다. 더구나 톨레도 감옥의 모든 감방들과 마찬가지로 내가 있는 곳도 차가운 돌 바닥이었고 빛이라고는 조금도 들어오지 않는 곳이었다.

두려움이 덮쳐 오면서 심장에서 피가 뒤끓는 듯 발작을 하더니 나는 다시 의식을 잃었다. 잠시 후 정신이 들어 벌떡 일어서자, 모든 근육이 미친 듯이 경련을 일으켰다. 나는 팔을 마구 휘저어대며 버둥거려 보았지만 손에 닿는 것은 아무것도 없었다. 하지만 한 발짝도 내디딜 엄두가 나지 않았다. 만약 그랬다가는 곧장 벽에 부딪힐 것만 같았다. 온몸에서 식은땀이 새어나오고, 이마에는 굵은 땀방울이 맺혔다. 참을 수 없는 긴장감에 심장이 터져 버릴 것만 같았다. 나는 두 팔을 쭉 뻗은 채 조심스럽게 발을 내디뎠다. 조그만 빛줄기라도 찾으려 안간힘을 쓰는 두 눈알은 마치 튀어나올 듯이 아팠다. 몇 발짝을 더 갔지만 여전히 깜깜한 허공뿐이었다. 숨결이 점점 가벼워졌다. 적어도 내가 죽은 것은 아니라는 분명한 사실에 안도감이 느껴졌다.

여전히 조심스럽게 한 발 한 발 내딛고 있는데, 톨레도 감옥에서 일어났던 끔찍한 사건에 관한 수많은 이야기들이 머릿속을 시끄럽게 맴돌고 있었다. 톨레도 감옥에 대해서는 수없이 많은 이야기들이 전해 내려오고 있었는데, 너무나 기괴하고 무시무시하여 다시는 이야기하고 싶지도 않다.

나는 이 어둠의 지하세계에 내던져져 굶주림 속에 죽어가야만 하는 것인가? 아니면, 훨씬 더 무시무시한 공포가 나를 기다리고 있단 말인가? 아마도 그것은 죽음이겠지. 보다 더 참혹하고 고통스러운 죽음이겠지. 재판관들의 성정性情으로 보아 틀림없이 그런 죽음이 되겠지. 이런 생각을 하니 언제 어떤 방식으로 죽게 될까 하는 두려움에 마음이 혼란스러웠다.

마침내 뻗은 두 손에 무언가 딱딱한 것이 만져졌다. 그것은 돌을 쌓아 만든 벽 같았는데, 표면이 부드럽고 돌의 크기는 작았으며 차가웠다. 나는 그 벽을 더듬으며 따라갔다. 감옥에 대한 옛날 이야기를 들은 바가 있었기 때문에 아주 조심스럽게 한 발짝씩 내디뎠다. 이렇게 걸어보아도 내가 있는 감방의 크기는 전혀 가늠이 되지 않았다. 나도 모르는 사이에 처음 발을 내디뎠던 그곳으로 다시 돌아와 있는 것 같은 느낌이 들었기 때문인데, 벽은 사방이 똑같은 것 같았다.

나는 심문실審問室로 들어올 때 호주머니에 있었던 칼을 찾아보았지만, 칼은 없었다. 나는 이미 피륙으로 만든 죄수복으로 갈아입혀져 있었다. 조그만 벽 틈 사이에 칼을 꽂아 내가 처음 출발한 지점을 표시해 둘 생각이었는데…….

처음에는 정신이 없었던 관계로 표시하는 것이 전혀 불가능해 보였었지만, 그리 어렵지만은 않았다. 입고 있는 옷 가장자리를 찢어 최대한 길게 만들어 벽의 오른쪽 구석에 고정시켰다. 그리고는 감방 벽을 더듬으며 한바퀴 돌면 반드시 이 옷 조각과 만나게 될 거라고 생각했다. 하지만 적어도 그럴 수 있을 것이라는 생각만 했을 뿐, 감방의 크기가 어느 정도 일지, 그리고 내 몸이 얼마나 허약해져 있는지는 고려하지 않았던 것이다. 바닥은 축축한데다가 미끄럽기까지 했다. 몇 번을 비틀대다가 그만 바닥에 넘어지고 말았는데, 너무나 기진맥진한 나머지 엎어진 그대로 있었다. 그리고는 곧장 잠이 들었다.

눈을 떠 팔을 뻗어 보니, 빵 한 덩어리와 물 한 주전자가 손에 잡혔다. 온몸의 기운이 다 빠져 버린 상태였기 때문에 어떻게 된 상황인지 생각조차 미뤄둔 채, 나는 빵과 물을 게걸스럽게 먹어 치웠다. 잠시 후 다시 있는 힘을 다해서 감방 벽을 더듬으며 돌았는데, 마침내 그 찢어 놓은 옷자락이 손에 잡혔다. 그곳에서 내가 쓰러졌던 곳까지는 쉰두 발짝이었고, 그곳에서 다시 옷자락이 있는 곳까지는 마흔여덟 발짝이었다. 모두 합해서 백 발짝이었고, 두 발짝에 한 야드씩 계산을 하면 감방의 둘레는 대략 오십 야드 정도가 되었다. 그러나 벽에는 많은 구석들이 있었기 때문에 감방 전체가 어떤 형태인지는 전혀 짐작이 되지 않았다. 그리고 그것을 알아낼 만한 방법도 없었다.

내가 이렇게 감방 안을 재보는 것은 별다른 목적이 있었던 것은 아니었고, 어떤 희망을 가지고 한 것은 더더욱 아니었다. 그냥 호기심으로 계속해 보았을 뿐이었다. 벽에서 떨어져 나오며, 이번에는 감방 안을 가로질러 걸어 보기로 했다. 처음에는 극도로 조심스럽게 걸었는데, 비록 바닥이 딱딱한 것 같았지만 진흙 같은 것이 있어 매우 불안했기 때문이었다. 그러다가 마침내 용기가 생기면서 대담하게 발걸음을 옮기며 일직선으로 똑바로 걷기 시작했다. 열 대여섯 발짝을 갔는가 싶었을 때, 앞에서 찢어 놓았던 옷자락이 발 사이에 걸리는가 싶더니 그만 그것을 밟고 말았다. 순간 몸이 아래로 고꾸라지면서 얼굴을 바닥에 처박고 말았다.

갑작스럽게 넘어진 나는 정신이 없어 내가 어디에 어떤 모습으로 떨어져 있는지도 몰랐는데, 잠깐 엎어진 채로 있다가 잠시 후 정신이 들면서 주변상황이 이해가 되기 시작했다. 나는 바닥에 턱을 대고 있었는데, 입술과 얼굴 위 부분은 턱보다 낮은 위치인데도 불구하고 바닥에 닿지 않았다. 이마는 질퍽한 진흙 속에 잠겨 있는 것 같았다. 썩은 곰팡이 냄새 같은 이상한 냄새가 코를 쑤셔댔다.

무심코 팔을 뻗어 보았다가 온몸이 오싹해졌다. 나는 둥근 구덩이의 바로 옆 가장자리에 넘어져 있었던 것이다. 물론 그 크기가 어느 정도인지 그때로서는 알 도리가 없었다. 나는 가장자리 바로 밑의 벽을 더듬어 조그만 돌멩이 하나를 떼어내 구덩이 속으로 던져보았다. 돌멩이가 떨어지면서 구덩이의 벽과 부딪히는 소리가 몇 초 동안 울려나왔고 마침내는 물 속으로 떨어지는 무거운 소리와 그 여운이 크게 울려 퍼졌다. 그와 동시에 머리 위에서 문이 재빠르게 열렸다가 다시 닫히는 소리가 들려왔고, 그 순간 희미한 불빛이 잠깐 어둠속을 스치는가 싶더니 이내 사라져 다시 깜깜한 어둠만 남았다.

나에게 부여된 운명이 분명하게 이해되면서, 적시에 죽음으로부터 나를 구해 준 이 우연한 사고에 마음을 쏠어 내렸다. 넘어지기 직전에 만약 한 발짝이라도 어긋났더라면, 나는 이 세상 사람이 아니었을 것이다. 그리고 내가 방금 모면한 이 죽음은 종교재판에 관한 이야기에 나오는 정말 터무니없고 바보 같은 죽음이라고 생각했던, 바로 그런 죽음이었다. 종교재판에서는 사형수에게 죽음을 선택하도록 했는데, 가장 무시무시한 육체적 고통을 겪으며 죽든지 아니면 가장 끔찍스런 정신적 공포속에서 죽는 것이었다. 나에게 주어진 것은 두 번째 방법이었던 것이다.

나는 오랫동안 신경이 곤두서 있었기 때문에 맥이 다 풀려 버렸다. 내 자신의 목소리에도 몸이 떨릴 지경이었다. 앞으로 내게 닥쳐올 온갖 고통으로 철저히 유린당하기에 안성맞춤인 몸 상태였다. 나는 후들거리는 팔다리로 바닥을 더듬어 벽 쪽으로 기어갔다. 무시무시한 구덩이에 빠지기보다는 차라리 죽어버리는 게 났다는 생각과 함께, 감방 안 여기저기에 많은 구덩이가 있을 것 같은 느낌이 들었다. 조금만 정신력이 강했어도 이 구덩이들 중 하나에 빠져 이 비참한 목숨을 다한다 하더라도 나는 기꺼이 그럴 용기가 있었을 테지만, 그때는 극도로 겁에 질려 있는 상태였다. 그리고 이런 구덩이에 대해서 읽었던 내용이 머리를 떠나지 않았다. 구덩이는 그 속으로 갑자기 떨어져 죽는 것과는 비교도 안 되는 극도의 공포감을 느끼게 했다.

몇 시간인지 모를 정도로 오랫동안을 혼란스러운 상태로 있다가 마침내 잠이 들었다. 다시 눈을 떴을 때, 전과 같이 내 옆에 빵한 조각과 물 한 주전자가 있었다. 심한 갈증으로 목이 타는 듯 했으므로 단숨에 물주전자를 비워 버렸다. 그 물에는 약을 타 놓았던 게 틀림없었다. 물을 마시자마자 곧바로 참을 수 없는 졸음이 밀려왔다. 정말 죽음과도 같은 깊은 잠 속으로 나는 떨어졌다. 시간이 얼마나 흘렀는지 물론 알 수 없었다. 그러나 다시 눈을 떴을 때는 주위가 눈에 들어왔다. 어디서 들어오는 것인지 알수는 없지만 유황 빛의 희뿌연 광채 속에 내가 있는 감방의 크기와 모양이 드러났다.

알고 보니 나는 감방의 크기를 한참 잘못 생각하고 있었다. 벽전체의 둘레는 이십오 야드를 넘지 않는 것 같았다. 나는 내가 한 쓸데없는 짓에 대해 한참을 생각하며 이처럼 끔찍한 처지에 빠져 있는데 고작 감방의 크기를 알아서 도대체 무엇 하겠다는 말인가 하는 생각이 들었다. 하지만 곧 쓸데없는 일이 다시 궁금해지면서, 어떻게 해서 감방의 크기를 잘못 계산하게 되었는지 곰곰이 생각해 보았다. 그리고 마침내 그 이유를 알게 되었다.

처음 벽 둘레를 잴 때는 내가 쓰러져 있던 곳까지 쉰두 발짝이었는데, 사실 그곳은 찢어 놓은 옷 조각에서 한두 발짝 정도 떨어진 곳이었고, 감방 전체를 한바퀴 다 돌았던 것이 아니었다. 그러다 내가 그만 잠이 들어 버렸고, 다시 깨어나서는 반대편으로 돌면서 걸음 수를 세었던 것이 틀림없었다. 그래서 걸음 수가 거의 두 배나 되었던 것이다. 너무나 정신이 없던 나머지 처음에는 왼쪽 방향으로 돌았던 사실을 잊어버리고, 그 다음에는 반대로 오른쪽 방향으로 돌았던 것이다.

나는 또한 감방의 형태에 대해서도 착각하고 있었다. 벽을 더듬으며 돌 때 많은 구석 모서리들이 있었으므로 감방이 매우 불규칙한 형태일 거라고 생각했었는데, 혼수상태나 깊은 수면상태에서 깨어난 사람에게 칠흑 같은 어둠이 미치는 영향이 얼마나 큰지 실감했다. 모서리라고 느꼈던 것은 벽의 여기저기가 움푹 들어가 있었던 것이거나, 군데군데 붙여 놓은 벽감壁龕이었던 것이다. 감방은 대체로 직사각형을 이루고 있었다. 내가 돌이라고 생각했던 것들도 아주 넓게 잘라 붙인 쇠나 다른 금속 종류인 것 같았고, 그것들을 붙이거나 이어놓은 부분이 움푹 들어가 마치 모서리처럼 느껴졌던 것이다.

금속으로 붙여 놓은 감방 전체의 벽면에는 수도원의 납골당에서나 볼 수 있는 무시무시하고 섬뜩한 장식들이 덕지덕지 그려져 있었는데, 저주스러운 몰골을 한 악마의 형상들이 해골을 비롯한 무시무시한 온갖 형체들과 함께 벽면을 가득 뒤덮고 있었다. 이 괴상한 형체들의 윤곽은 아주 뚜렷했지만, 그 색상은 감방 안의 지나친 습기 때문인지 심하게 벗겨지고 바래져 있었다. 그리고 바닥은 돌로 만들어져 있었고, 그 한가운데에 하마터면 내가 빠져 버릴 뻔했던 둥근 구덩이가 시커먼 입을 쩍 벌리고 있었다. 그리고 구덩이는 그것 하나밖에 없었다.

하지만 무척 애를 썼는데도 이 모든 것을 다 분명하게 볼 수는 없었다. 왜냐하면 잠이 든 사이에 나의 몸에는 큰 변화가 있었기 때문이다. 나는 바닥에 나무를 대어 만들어 놓은 틀 위에 가죽끈 같은 긴 줄로 단단히 묶인 채 누워 있었다. 몸통과 팔다리는 그 줄에 꽁꽁 감겨 있었고 왼쪽 팔만 겨우겨우 뻗어 바로 옆 바닥에 있는 음식이 담긴 진흙 그릇에만 닿을 수 있을 정도로 해 놓았고, 머리만 움직일 수 있었다. 물주전자가 보이지 않자 나는 덜컥 겁이 났다. 참을 수 없는 갈증에 목이 타 죽을 것만 같았기 때문이다. 접시에 있는 고기의 매운 맛으로 보아 심한 갈증을 느끼도록 하는 것이 고문하는 자들의 의도인 것 같았다.

위를 쳐다보다가, 문득 감방의 천장을 둘러보았다. 높이는 삼,

사십 피트 정도로 옆의 벽들과 같은 모양을 하고 있었다. 천장에 있는 한 벽면 속의 아주 특이한 형체 하나에 나의 시선이 뚝 멈추었다. 아주 평범한 모양의 시계 그림이었는데, 다만 언뜻 보기에는 옛날 시계에서 볼 수 있는 아주 커다란 시계추 같은 그림이 있는 것만 다를 뿐이었다. 하지만 왠지 나는 이 시계 그림에 자꾸만 눈길이 갔다. 위를 똑바로 쳐다보는데─시계 그림은 수직으로 내 머리 위에 있었다─시계추가 움직이는 듯한 느낌을 받았기 때문이다.

그런데 잠시 후 시계추는 정말로 움직이고 있었다. 시계추는 짧게 그리고 천천히 흔들리고 있었다. 몇 분 동안 그것을 유심히 살펴보니 두려운 마음이 들면서도 신기하다는 생각이 들었다. 느릿느릿 움직이는 시계추를 한참 동안 바라보고 있으려니 지루해지면서 천장의 다른 것들에게로 눈길이 옮겨졌다.

그때 부스럭거리는 소리가 들려 바닥을 내려다보니 몸집이 아주 큰 쥐들이 무리를 지어 바닥을 가로지르고 있었다. 쥐들은 오른쪽 바로 눈앞에 보이는 우물에서 나와, 내가 쳐다보고 있는데도 불구하고 접시에 있는 고기 냄새를 좇아 눈알을 번들거리며 무리지어 다가왔다. 이때부터 쥐들을 쫓느라 무척 신경을 곤두세운 채 애를 먹어야 했다.

삼십 분, 아니면 한 시간이나 지났는지 모르겠다―나로서는 시간을 정확히 알 수 있는 방법이 없었다―. 무심코 다시 위를 쳐다본 나는 그만 깜짝 놀라고 말았다. 시계추가 거의 일 야드보다 더 넓은 폭으로 흔들리고 있었다. 당연히 흔들리는 속도도 더 빨라져 있었다. 하지만 내가 어리둥절한 진짜 이유는 시계추가 눈에 띄게 아래로 내려와 있다는 생각이 들었기 때문이다. 그때 내가 느낀 공포감은 이루 말할 수 없다. 시계추의 끝 부분은 초승달 모양의 강철로 번쩍번쩍 빛이 나고, 위로 올라간 양끝은 폭이 약 일 피트 정도로 아래 모서리는 서슬이 퍼런 칼날처럼 날카로웠다. 시계추는 긴 장검長劍처럼, 육중한 느낌인데다가 아래의 날 부분에서부터 위로 올라갈수록 폭이 좁아지고 있었다. 동으로 만든 묵직한 가로막대에 걸려 있었는데, 시계추가 흔들릴 때면 바람을 가르는 듯한 소리가 났다.

수도사들이 고안해 낸 방식으로 나에게 고통을 주려는 것이 틀림없다는 생각이 들었다. 내가 그 우물 함정에 대해 알아차린 것을 형리刑吏들이 알았던 것이었다. 그 함정은 나같이 당당하게 저항하는 자들에게 공포감을 주기 위한 목적으로 마련해 놓은 장치였는데, 지옥이나 다를 바 없는 곳이었고 들리는 바에 의하면 모든 형벌 가운데 가장 최후의 방법으로 그 속에 들어가는 순간 모든 것이 끝나 버린다고 했다. 나는 아주 우연하게 이 함정 속으로 떨어지는 것을 모면했었다. 이 감방에서는 죄수들을 그렇게 함정 속으로 떨어뜨려 극심한 고통에 시달리다가 죽어 가게 하는 것이 주요한 사형 방법일 것이라는 생각이 들었다. 하지만 나는 그곳에 떨어지지 않았으므로 그들은 더 이상 그 방법으로 나를 죽이려 하지는 않을 것이었다. 따라서 좀더 색다르면서도 부드러운 방법으로—사실 그 외에는 다른 방법이 없었지만—나를 죽이려 하는 것이었다. 부드러운 방법이라! 나를 죽이려는 방법이 부드러운 방법이라 생각하니 그 격심한 고통속에서도 웃음이 새어나왔다.

점점 아래로 다가오는 섬뜩한 시계추의 흔들림을 세어 보던, 그 죽음보다도 길고 긴 공포의 시간을 말해서 무엇하겠는가! 한 번씩 흔들릴 때마다 조금씩, 눈으로는 도저히 식별할 수 없는 정도로 아주 조금씩, 시계추는 나를 향해 내려오고 있었다! 그렇게 며칠이 지났다. 아니 아주 많은 날들이 지난 것 같았다. 시계추는 상당히 내려와 있었으며, 흔들리는 시계추가 가르는 역한 바람이 느껴질 정도였다. 날카로운 금속 냄새가 코끝을 파고 들었다. 나는 기도를 올렸다. 시계추가 좀더 빨리 떨어지게 해 달라고 하늘에다 졸라댔다. 나는 점점 더 미쳐서 섬뜩한 시계추의 칼날에다 몸을 갖다 대기 위해 머리를 들썩거리며 발버둥을 쳐대기도 했다. 그러다 갑자기 힘이 빠져 축 늘어져버리면, 번쩍이는 초승달 모양의 시계추 날을 쳐다보면서 마치 귀한 장난감을 만지며 좋아하는 어린아이 마냥 희죽대며 웃었다.

나는 다시 눈앞이 깜깜해지면서 의식을 잃었다. 하지만 잠깐 동안이었다. 왜냐하면 정신이 돌아왔을 때 시계추는 거의 아래로 내려오지 않은 것 같았다. 그러나 오랫동안 의식을 잃고 있었는지도 모른다. 내가 의식을 잃은 것을 알고는 악마 같은 자들이 시계추의 흔들림을 잠시 멈췄을지도 모를 일이고, 또 의식이 돌아왔을 때는 기운이 다 빠져버린 채 온몸이 말할 수 없을 정도로 쑤시고 아팠기 때문이었다.

그렇게 고통을 느끼는 와중에도 몸뚱이는 본능적으로 음식을 찾고 있었다. 고통속에서도 있는 힘을 다해 팔을 뻗어 쥐들이 남기고 간 음식 찌꺼기를 움켜잡았다. 한 조각을 입에 넣는 순간 희열과 함께 무언가 희망 같은 느낌이 스치고 지나갔다. 하지만 내가 희망을 가질 일이 도대체 무엇이 있단 말인가? 그것은 구체적으로 설명할 수 없는 막연한 느낌이었을 뿐이지만, 어쨌든 희열, 그리고 희망을 느꼈다. 그러나 그런 느낌은 곧바로 사라져버렸다. 다시 느껴 보려고 애써 보았지만 소용없는 짓이었다. 오랫동안 고통에 시달린 나머지 생각하는 것조차 너무 힘이 들었다. 나는 완전히 바보 천치가 되어 있었다.

시계추는 내가 누워 있는 오른쪽에서 흔들리고 있었다. 초승달 같은 시계추의 날이 내 가슴을 가로지르도록 되어 있었다. 그것이 내 옷자락에 슬쩍슬쩍 닿기 시작했다. 한 번, 두 번…… 계속해서 옷자락을 긁어댔다. 시계추가 엄청나게 큰 진폭으로—약 삼십 피트가 더 되는 것 같았다—흔들리면서, 바람 가르는 소리를 내며 단단한 감방의 벽마저도 잘라버릴 듯한 기세로 내려오고 있었지만, 내 옷을 다 자르고 들어오기에는 아직 몇 분은 남아 있었다. 나는 여기서 생각을 멈춰 버렸다. 더 이상 생각하는 것이 너무나 두려웠다. 나는 두 눈을 부릅뜨고 시계추를 뚫어지게 쳐다보았다. 마치 시계추를 그 자리에 멈출 수 있을 것 같은 기분이었다. 나는 시계추가 옷을 가로지르면서 자를 때 어떤 소리가 날까, 그때의 전율은 어떤 느낌일까 하고 생각했다. 이빨이 시리고 시큼해질 때까지 나는 이런 쓸데없는 생각을 계속하고 있었다.

조금씩 그리고 천천히 시계추는 내려오고 있었다. 나는 완전히 정신이 나간 채 시계추가 내려오는 속도와 옆으로 흔들리는 속도를 비교해 보고 있었는데, 그것이 재미있다는 생각이 들었다. 오른쪽으로, 다시 왼쪽으로, 크게 반원을 그리는데, 그럴 때마다 심장을 가를 듯한 날카로운 소리가 들리면서 조금씩 조금씩 내려왔다. 나는 킬킬거리기도 하다가 악을 써대기도 했는데, 옷자락을 스치는 소리는 더 크게 들리면서 시계추는 점점 더 아래로 내려오고 있었다.

시계추는 정말 속수무책으로 아래로 내려오고 있었다! 가슴에서 삼 인치도 되지 않았다! 나는 왼팔을 빼 보려고 미친 듯이 몸부림쳤다. 왼팔은 팔꿈치 아래로만 움직이도록 해 놓았었다. 옆에 있는 접시에서 손을 들어 입까지는 겨우 가져올 수 있었지만 더 이상은 안 되었다. 팔꿈치 위로 묶어 놓은 것을 풀어버릴 수만 있다면, 시계추를 붙잡아 멈추게 할 수도 있을 거라는 생각이 들었다. 하지만 그것은 눈사태를 멈추게 하려는 짓이나 마찬가지였다!

시계추는 조금도 쉬지 않고 속수무책으로 내려오고 있었다! 이제는 시계추가 한 번 흔들릴 때마다 숨이 턱턱 막혀왔고, 바람 가르는 소리가 들릴 때마다 몸이 오싹오싹해지며 움츠러들었다. 두 눈은 위로 옆으로 흔들리는 시계추를 따라 열심히 움직이고 있었지만 끝없는 절망감만 덮쳐올 뿐이었고, 시계추가 아래로 흔들릴 때마다 두 눈은 저절로 감겼다. 죽음이 차라리 구원으로 느껴지는 공포 그 자체였다! 시계추가 조금만 아래로 내려오면 섬뜩한 빛을 발하는 날카로운 도끼가 내 가슴에 내리 꽂힐 거란 생각에 온몸의 신경이 뒤틀리는 것 같았다.

이렇게 신경이 뒤틀리고 온몸이 움츠러드는 것은 곧 삶에 대한 희망 때문이었다. 즉 이런 희망이 있기에 고문에서도 살아남는 것이고, 중세 종교재판의 감옥에 갇힌 사형수들조차도 이런 희망을 가지고 있었던 것이다.

시계추가 앞으로 열 번에서 스무 번 정도 더 흔들리면, 옷에 완전히 닿을 것 같았다. 그러자 갑자기 가슴이 미어지는 깊은 절망감이 엄습해왔다. 몇 시간 아니 며칠이 흘렀는지 모르겠지만, 처음으로 나는 제 정신을 차렸다.

문득 내 몸을 감싸고 있는 가죽끈이 특이하다는 생각이 들었다. 그 끈은 전체가 하나로 되어 있고 끊어진 마디가 없었다. 칼날 같은 시계추가 어디라도 한 번 건드려 끈이 터지기만 한다면 왼손을 이용해 직접 풀 수 있을 것도 같았다. 하지만 그 칼날 같은 시계추가 몸에 닿는다는 것은 너무나 두려웠다. 그게 과연 가능할까 생각해 보니 정말 끔찍했다. 더구나 고문관들이 그런 경우를 예상 못했을 리 없었다. 문득 시계추가 지나가는 내 가슴 부위를 끈이 정말 감싸고 있을까 하는 생각이 들었다. 고개를 빼들고 가슴쪽을 분명히 확인하는 순간 마지막이라 할 수 있는 실낱 같은 희망이 사라지면서 나는 공포감에 사로잡혔다. 그 끈은 내 몸과 팔다리 전체를 꽁꽁 묶고 있었지만, 시계추가 지나가는 그 부위만은 남겨두고 있었던 것이다.

머리를 제자리에 다시 내려두자마자 어떤 생각이 문득 떠올랐다. 설명하기가 매우 애매하지만, 앞에서 이야기한 것과 같은 어쩌면 죽음을 면할 수도 있다는 아주 막연한 느낌으로, 말라서 타들어가는 입술로 음식 찌꺼기를 가져갈 때 희미하게 머릿속을 맴돌던 생각이었다. 효과가 있을지, 결과가 어떨지는 모르겠지만, 이제 그 생각이 뚜렷해졌다. 나는 이것이 마지막이라는 필사의 심정으로 즉시 실행에 옮기기 시작했다.

내가 묶여 있던 나무들의 끝자락 근처에는 몇 시간 동안 쥐들이 우글거리고 있었다. 쥐들은 사납고 겁이 없었으며 굶주려 있었다. 녀석들은 붉은 눈으로 나를 노려보고 있었는데, 내가 조금이라도 움직이지 않으면 달려들어 뜯어 먹을 작정을 하고 있는 것처럼 보였다. 녀석들이 우물 속에서는 주로 무엇을 먹고 사는 것일까 하는 의문이 들었다.

녀석들이 접시에 접근하지 못하도록 온갖 방해를 했지만 쥐들은 접시에 남아 있던 음식 찌꺼기까지 거의 다 먹어치워 버렸다. 나는 계속해서 접시까지 손을 들었다 놓았다 하다가 옆으로 흔들며 쥐들을 쫓았는데, 무의식적으로 반복하며 흔들어대는 손은 얼마 지나지 않아 쥐들에게 아무런 효과가 없었다. 굶주린 쥐들

은 오히려 그런 내 손가락을 물어뜯곤 했다. 나는 남아 있는 음식찌꺼기 중에 기름기 있고 매운맛이 나는 것을 손에 발라 손이 닿을 수 있는 끈의 이곳저곳에 문질렀다. 그리고는 손을 든 채, 숨도 쉬지 않고 가만히 있었다.

처음에는 굶주린 쥐들도 내가 꼼짝 않고 있자 이상하게 여기면서 무서워하는 것 같았다. 쥐들은 눈알을 굴리며 몇 걸음 뒤로 물러섰고 어떤 녀석들은 우물 속으로 기어 들어가기도 했다. 하지만 이런 상황은 잠시뿐이었다. 쥐들의 굶주림을 이용하자는 계산은 빗나가지 않았다. 나는 꼼짝하지 않고 녀석들을 주시하고 있었는데, 용감한 녀석 한두 마리가 틀 위로 올라와 가죽끈의 냄새를 맡아댔다. 잠시 후에 쥐들이 떼로 몰려올 것 같았다.

우물 속에서 쥐들이 다시 무리지어 나왔다. 쥐들은 나무틀을 기어다니기도 하고, 내 몸 위로 뛰어다니기도 했다. 규칙적으로 움직이는 시계추를 쥐들은 전혀 아랑곳하지 않았다. 시계추를 피하면서 음식 기름이 칠해져 있는 끈 위를 오락가락했다. 쥐들의 무게가 몸을 눌러댔다. 정말로 많은 쥐들이 내 몸 위에서 우글대고 있었다. 녀석들은 목 위를 기어다니기도 내 입술을 핥아대기도 했다. 쥐들의 무게로 인해 숨이 막힐 지경이었다. 말로 형용할 수 없는 역겨움이 목구멍까지 올라왔고, 끈적끈적한 기분에 가슴이 멎어버릴 것만 같았다. 하지만 일 분쯤 지나자 조금만 더 참으면 될 것 같다는 느낌이 왔다. 분명히 가죽끈이 느슨해진 것 같았기 때문이었다. 한두 군데의 끈은 이미 끊어진 것 같았다. 나는 있는 힘을 다해 꼼짝하지 않고 그대로 참고 있었다.

내 계산은 틀리지 않았고, 굳게 참은 것도 보람이 있었다. 마침내 몸이 홀가분해지는 느낌이 들었다. 내 몸을 감싸고 있던 가죽끈은 갈기갈기 찢어져 있었다. 그러나 시계추는 이미 내 가슴을 누르고 있었다. 옷자락은 두 조각이 나 있었고 그 안의 속옷도 잘려져 있었다. 두 번을 다시 시계추가 흔들리면서 살을 애는 고통이 온몸에 퍼졌다. 그러나 이제는 시계추로부터 벗어날 시간이었다. 손을 한 번 휘젓자 나를 구해준 쥐들은 한바탕 소동을 일으키며 달아나 버렸다. 조심스럽게, 옆으로 비스듬히 몸을 움츠린 채, 천천히 가죽끈으로부터 빠져나와 시계추의 칼날로부터 멀리 떨어졌다. 나는 적어도 그 순간만은 자유를 느꼈다.

자유라, 여전히 고문관들의 손아귀에 있는데 말이다! 그 끔찍한 나무 형틀로부터 벗어나 감방 바닥에 발을 디디는 순간, 지옥의 사자와 같던 그 시계추는 뚝 멎어버렸다. 그리고는 무엇인가에 의해 끌려 올라가는 것 같더니만 이내 천장 속으로 사라져 버렸다. 이 장면을 보자 정신이 번쩍 들었다. 나의 일거수 일투족

이 모두 감시당하고 있는 것이 틀림없었다.

자유라! 하지만 나는 이제 고통스런 죽음에서 겨우 한 번 빠져 나왔을 뿐이었고, 죽음보다도 더한 고통이 또다시 나를 기다리고 있을지도 몰랐다. 이런 생각을 하며 감방 안의 철판 벽을 유심히 쳐다보게 되었는데, 무언가가 좀 달라진 것 같았다. 처음에는 분명히 느끼지 못했지만, 틀림없이 감방 안에 무언가 변화가 있었다. 몇 분 동안 어렴풋한 추측을 산만하게 해 보았지만 그 변화가 구체적으로 무엇인지는 알 수 없었다. 이러는 동안에 감방 안을 희미하게 비추고 있는 빛이 어디에서 나온 것인지를 처음 알게 되었다. 그 빛은 벽 아래쪽에 있는 약 반 인치 가량의 갈라진 틈에서 나와 감방 전체에 낮게 깔려 있었는데, 그 빛으로 인해 마치 벽이 바닥으로부터 완전히 떨어져 있는 것처럼 보였다. 그 틈새를 들여다보려고 애써 보았지만 역시 소용없는 짓이었다.

그 틈새에서 몸을 일으키는 순간, 감방 안의 변화가 무언지 알게 되었다. 벽에 새겨진 형체들의 윤곽은 아주 뚜렷했지만 그 색상은 희미하게 퍼져 있었다고 말한 적이 있다. 그런데 그 색상들이 아주 밝은 빛을 냈고 또 순간적으로 번쩍거리기도 했는데, 그 빛 때문에 벽에 새겨진 악마와 유령의 형상이 누가 보더라도 소름끼칠 정도로 흉악하게 보였다. 무시무시하게 툭 튀어나온 악마의 사나운 눈알들이 온 사방에서 나를 노려보고 있었는데, 전에는 그 벽면에 아무것도 없었다. 그리고 무시무시한 광채를 발하는 불꽃이 눈에서 이글거리고 있었는데, 아무리 보아도 진짜 불같아 보였다.

이럴 수가, 그건 진짜 불이었다! 숨을 쉬는데 뜨겁게 달궈진 쇠냄새가 코를 찔렀다. 감방 안은 매캐한 냄새로 가득 찼고 나는 질식할 것만 같았다. 시간이 지날수록 불꽃은 더 크게 타오르며 나를 잡아먹을 듯이 노려보고 있었다. 검붉은 색조가 감방 안을 가득 채우면서 핏빛 공포를 느끼게 했다. 숨이 턱턱 막혀왔고, 헐떡거리며 겨우 숨을 들이쉬었다. 틀림없이 나를 고문하기 위한 장치였다! 정말 이렇게도 무자비할 수 있단 말인가! 정녕 이런 악마 같은 놈들이 어디 있단 말인가!

나는 벽에서 물러나 감방 한가운데에 섰다. 이제 곧 불에 타 죽겠지만 불현듯 차가운 우물이면 불을 피할 수 있을 거란 생각에 급히 그 가장자리로 갔다. 나는 눈을 부릅뜨고 우물 안을 내려다보았다. 불붙은 천장의 불길이 깊은 우물 속을 비추며 일렁이고 있었다. 그러나 그것은 순간적으로 내가 잘못 본 것이었다. 내가 그것을 깨닫는 순간, 우물 속은 시뻘건 불길에 휩싸여 있었다. 오직 무섭다는 생각밖에 없었다! 이보다 더 무서울 수는 없었다!

나는 비명을 지르며 재빨리 그곳을 벗어났다. 두 손에 얼굴을 묻은 채 울음을 터뜨렸다.

감방 안은 점점 더 뜨거워지고 있었다. 다시 천장을 쳐다보았을 때, 온몸이 오싹해지며 한기寒氣가 덮쳤다. 천장은 또다시 변화해, 모양이 바뀌어져 있었다. 전과 마찬가지로 처음에는 무엇이 어떻게 달라졌는지 도저히 알 수가 없었다. 그러나 얼마 지나지 않아 곧 이해가 되었다. 내가 두 번이나 죽음에서 벗어나자, 고문관들은 서둘러 앙갚음을 준비했던 것이다. 그리고 더 이상은 헛수고하지 않을 작정인 듯 싶었다.

전에는 감방이 사각형을 이루고 있었다. 그런데 지금은 철벽의 두 구석의 각은 좁아져 있고 나머지 두 구석은 반대로 넓어져 있었다. 덜커덕거리는 소리와 긁히는 소리가 뒤섞이며 벽들이 빠르게 좁혀들고 있었다. 순식간에 감방은 마름모 형태가 되었다. 그러나 여기에서 그치지 않고 벽은 계속해서 좁아지고 있었다—나 역시 벽이 멈추리라고는 바라지도 기대하지도 않았다—. 나는 불타고 있는 시뻘건 벽을 가슴에 끌어안고 영원한 안식속으로 사라져 버릴 수도 있었다.

'죽음, 하지만 우물 속은 안 돼!'

불길을 피해 우물 속으로 뛰어들게 하는 것이 그들의 계략임

232

을 몰랐던 것이 한심스러웠다.

'이 불길에 과연 견뎌 낼 수 있을까?

'견뎌 낸다고 해도, 계속해서 압박해오는 벽은 어떻게 할 것인가?

감방은 정신을 차릴 수 없을 정도로 점점 더 빠르게 좁혀들고 있었다. 물론 그 한가운데 시커먼 우물이 입을 쩍 벌리고 있었다. 나는 주춤주춤 물러섰다. 하지만 벽은 사정없이 나를 향해 조여 오고 있었다. 몸은 불에 시커멓게 그을린 채 벌벌 떨고 있었지만, 감방 바닥에는 발하나 내려놓을 데가 없었다. 나는 더 이상은 버텨 낼 수가 없었다. 너무나 괴로운 나머지 절망적인 비명을 아주 크고 길게 질렀다. 나는 우물 가장자리에 비틀거리며 서 있었다. 그리고는 고개를 돌렸다.

사람들이 웅성거리는 듯한 소리가 들려 왔다! 나팔 소리가 요란하게 울려 퍼졌다! 귀를 째는 듯한 삐거덕거리는 소리가 요란한 천둥소리처럼 들려 왔다. 불타던 벽들이 갑자기 뒤로 밀려났다. 거의 정신을 잃고 우물 속으로 떨어지려는 찰나, 팔 하나가 쑥 나오며 나를 붙잡았다. 그는 바로 랏살레 장군이었다. 프랑스군軍이 톨레도 감옥으로 진격해왔던 것이다. 감옥은 프랑스군의 수중에 떨어져 있었던 것이다.

유리병에
남긴 편지

Ms. Found in the Bottle

내 고향이나 가족에 대해서는 별로 할 말이 없다. 나는 고향에 대해 무관심한 지 오래 되었고, 가족들로부터 외톨이가 된 지도 이미 오래 되었다. 아무튼 나는 물려받은 재산으로 남다른 수준의 교육을 받을 수 있었고, 무엇이든 깊이 있게 심사숙고하는 나의 기질 덕분에 일찍이 학업을 통해 축적해 놓았던 많은 지식들을 체계적으로 정립할 수가 있었다.

무엇보다도, 독일 도덕주의자들의 서적이 나에게 큰 기쁨을 주었다. 잘도 떠들어대는 그들의 정신나간 생각에 현혹되어 분별없이 맞장구를 쳐서가 아니라, 무엇이든 꼬치꼬치 따져보는 나의 습벽 덕분에 그들의 오류를 하나하나 꼬집어 내면서 느끼는 즐거움 때문이었다. 나는 천성이 너무나 무미건조하다는 비난을 자주 받는데, 나더러 상상력이라고는 하나도 없다고 하면서 그게 무슨 죄나 되는 것 같은 눈으로 나를 바라보는 사람들도 있다. 하기야 내가 무엇이든 워낙 철저하게 회의적懷疑的으로 파고드는 성격이다 보니 그런 악명이 붙어 다니는 게 어쩌면 당연할지 모르겠다.

형이하학적形而下學的 철학에 대한 나의 지나친 심취로 인해, 이 나이에 흔히 범하는 그릇된 생각을 갖게 되는 것은 아닐까 하는 두려움이 있는 것만은 사실이다. 무슨 말인가 하면, 조금도 그런 해석의 여지가 없는 것 마저 바로 그 과학이라고 하는 원칙의 틀에다 적용시키려 애쓰는 습성이 내게 있다는 말이다. 나더러 도깨비불과도 같은 헛된 미신을 믿는 나머지 사실의 진면목을 보지 못하는 것 아니냐고 할 수도 있겠지만, 사실 전체적으로 보면 나만큼 미신에 휘둘리지 않는 사람도 없다고 생각한다. 내가 지금 이 점을 먼저 강조해 두는 것은, 지금 내가 하고자 하는 이 믿기지 않는 이야기가 순전히 상상만으로 지껄여대는 헛소리가 아니므로, 환상이니 꾸며낸 이야기니 하는 말들은 얼토당토 않으며 확실한 경험을 토대로 한 것임을 분명히 해 두기 위해서이다.

18XX년, 여러 해 동안의 외국 여행을 마치고 나는 무엇이든 풍부하고 사람이 넘쳐나는 자바섬의 바타비아 항구를 떠나 아키펠라고 군도로 향하는 중이었다. 여행차 떠난 것이라고는 하지만 마치 유령처럼 나를 따라다녔던 신경과민에 따른 정서불안을 조금이나마 떨쳐 버리려는 목적 이외에 별다른 동기는 없었다.

내가 탄 배는 사백 톤 급의 무척 아름다운 배로, 배 밑 부분에는 동판銅版을 대었으며, 말라바 산産 티크나무로 봄베이에서 건조가 되었다고 했다. 이 배는 라카디브 섬에서 원면原綿과 향유

香油를 운송하는 중이었다. 그리고 갑판 위에는 야자 껍질로 만든 천, 설탕 원료, 물소 젖에서 나온 버터 기름, 코코넛, 그리고 여러 상자의 아편들이 적재되어 있었다. 그러나 이것들이 제멋대로 쌓아져 있었기 때문에 배가 가끔 기우뚱거리기도 했다.

우리는 며칠 동안 제법 바람이 부는 바다를 자바 동부 해안을 따라 항해하고 있었다. 항해의 무료함을 달랠 만한 것이라고는 아무것도 없었으며, 단지 드문드문 마주치는 아키펠라고 군도의 조그만 섬들이 전부였다.

어느 날 저녁, 배 후미 갑판의 난간에 기대어 있는데 북서쪽에 아주 묘하게 생긴 구름 하나가 떠 있었다. 그 독특한 색깔 때문이기도 했지만, 우리가 바타비아를 떠난 이후로 바다 위에서 처음으로 보는 것이었기에 반갑게 눈길이 갔다. 해가 바다 속으로 가라앉을 때까지 그 구름을 바라보고 있었는데, 갑자기 구름이 동쪽과 서쪽 양편으로 길게 쫙 퍼지더니 수평선 위에 낮고 긴 띠를 만들어내며 그 속에서 수증기가 올라오는 듯한 형상을 그려냈다. 그것은 마치 멀리 해변이 길게 펼쳐져 있는 듯한 느낌이 들게 했다.

그리고 곧바로 석양에 물든 붉은 달이 나타나며, 기묘한 색상의 바다가 눈앞에 펼쳐졌다. 바다의 색상은 아주 빠르게 변화하는 것 같더니 점점 더 투명하게 보였다. 바다의 밑바닥이 분명하게 보이지는 않았지만 측연測鉛을 던져 수심을 재보니 약 구십 피트 정도였다. 날씨는 무지하게 따가웠고 벌겋게 달군 쇳덩이에서 올라오는 것처럼 후덥지근한 열기가 계속해서 올라오고 있었다.

밤이 깊어가면서 바람이 잦아들더니 결국 바람 한 점 불지 않았다. 선미루船尾樓 위의 촛불은 조금의 흔들림도 없이 타올랐고, 손으로 잡아본 긴 머리카락의 끝자락 역시 미동도 하지 않았다. 선장이 이제 위험한 고비는 다 넘겼다며 돛을 감아 올리고 닻을 내리라고 명령하자, 선원들은 파수꾼도 세우지 않은 채 갑판 위에 느긋하게 드러누워 버렸다.

나는 선실 안으로 내려갔다. 무언가 큰일이 일어날 것만 같은 불길한 예감이 없지 않았다. 사실 내 얼굴은 엄청난 재난이 닥칠 것만 같은 불안감으로 가득 차 있었다. 불안한 심정을 선장에게 말해 보았으나 그는 나를 거들떠보지도 않고 나가버렸다. 하지만 나는 불안감에 잠을 이룰 수가 없어서 자정 무렵에 다시 갑판 위로 올라갔다.

선실에서 갑판으로 오르는 계단을 거의 다 올라왔을 무렵 갑자기 세차게 돌아가는 풍차에서 나는 듯한 소리가 시끄럽게 울려와 깜짝 놀랐는데, 그 소리가 왜 나는지 알기도 전에 배의 가운데에서 큰 진동이 일어나기 시작했다. 그리고 곧바로 배의 양쪽 가로들보 위로 사나운 파도가 덮쳐 앞뒤로 일렁이며 선수船首에서 선미船尾까지 휩쓸어 버렸다.

그 후 아주 사나운 돌풍이 한번 몰아쳤는데 이 바람이 사실상 우리가 타고 있던 배를 살렸다. 잠시 후, 바닷물이 꽉 찬데다가 돛대들도 배 안으로 넘어져 기울어졌던 배가 사납게 불어대는 바람에 기우뚱거리면서도 마침내는 중심을 바로 잡고 서서히 몸을 일으켰다.

내가 죽음을 모면한 것은 기적이라고밖에 설명할 수가 없다. 갑자기 덮쳐오는 바닷물에 그만 정신을 잃었다가 눈을 떠보니 나는 뱃머리 깃대와 고무튜브 사이에 다리가 끼인 채 드러누워 있었다. 있는 힘을 다해서 다리를 빼내고 멍한 눈으로 둘러보니 주위는 온통 바닷물에 잠겨 있었다. 우리를 삼킨 산더미 같은 바닷물이 흰 거품을 날름거리면서 소용돌이치는 모습은 도저히 상상조차 할 수 없을 정도로 끔찍했다.

잠시 후 한 스웨덴 노인의 목소리가 들려왔는데, 그는 항구를 떠날 때 같이 배에 올랐던 사람이었다. 나는 있는 힘을 다해 그를 불렀다. 그도 내가 있는 배 뒤쪽으로 비틀거리면서 다가왔다.

이 파도에 휩쓸려 살아남은 사람은 우리 두 사람뿐이라는 것을 곧 알게 되었다. 우리 두 사람을 제외하고는 갑판 위의 모든 것이 다 파도에 쓸려 버리고 없었다. 선장과 선원들은 잠을 자다가 파도에 휩쓸려 버린 것이 틀림없었다. 선실은 이미 바닷물이 가득 들어차 있어 우리 힘만으로는 도저히 배를 살릴 수 없을 것 같았다. 그래도 처음에는 이것저것 시도해 보았다. 하지만 순간적으로 배가 가라앉고 있다는 생각이 들자 몸이 말을 듣지 않았다. 물론 닻줄은 폭풍이 휘몰아칠 때 마치 잘린 실타래처럼 터져 버렸지만 만약 그러지 않았더라면 배는 곧바로 바다 속으로 뒤집혀 가라앉아 버렸을지도 몰랐다.

우리가 탄 배는 아주 빠른 속도로 바다를 향해 나아가고 있었고, 거대한 파도가 갑판을 집어삼킬 듯 덮쳐오고 있었다. 뱃머리 부분은 아주 심하게 부서져 있었고, 배 전체가 손상을 입지 않은 곳이라곤 거의 없었다. 그러나 다행스럽게도 배수 펌프는 온전했으며, 배의 바닥에 쌓아 놓은 화물들도 충격을 받지 않아 거의 그대로 제자리에 있었다. 광풍의 기세도 이제는 한풀 꺾여 더 이상 거센 바람에 의한 위험은 없을 거라는 생각이 들었다. 하지만 결국에 다가올 종말을 생각하니 마음이 암울해졌다. 배가 이처럼 크게 파손된 상태로는 앞으로 덮쳐 올 큰 파도가 결국 우리를 집어삼켜 버리고 말 것이라는 염려 때문이었다. 하지만 이런 사태가 곧 닥쳐 올 것 같지는 않았다.

우리는 부서진 배로 꼬박 닷새 밤낮을—이 동안에 우리가 먹은 거라곤 선실에서 겨우겨우 찾아낸 설탕 원료 약간이 전부였다—우리를 휘몰아쳤던 광풍과는 비교도 안 될 정도의 무시무시한 바람이 부는대로 휘청거리며 빠르게 바다 위를 내달렸다.

처음 나흘 동안은 남동쪽과 동쪽 방향으로 이리저리 흘러갔는데, 뉴 홀랜드(New Holland) 해안 쪽으로 가는 것이 분명했다. 닷새째 되는 날에는 풍향계가 계속해서 북풍을 가리키고 있었는데도 날씨는 매섭도록 추웠다. 태양은 빛 바랜 누런 얼굴을 드러내며 수평선 위로 힘겹게 기어오르고 있었고, 일출의 광휘光輝는 피로한 기색만 잔뜩 드러내 보이고 있었다.

뚜렷하게 형성된 구름은 없었는데도 바람은 점점 방향을 종잡을 수 없이 제멋대로 거세게 불어댔다. 거의 정오쯤에 이르렀다고 짐작되는 때 우리는 다시 태양의 상태에 무척 신경을 곤두세우고 있었다. 태양은 전혀 빛을 발하지 못하고 있었다. 마치 이미 그 빛을 다 발산해 버린 듯한 모습으로 공기 중의 습기에 축 젖어버린 우중충한 빛을 찔끔찔끔 흘리고만 있었다. 불룩 부어오른 듯한 바다 속으로 잠기기 바로 직전에 태양 한가운데의 붉은 빛은 갑자기 식어버렸다. 마치 어떤 알 수 없는 힘에 의해 급히 꺼져버리는 듯한 모습이었다. 깊고 깊은 바다 속으로 출렁 빠져버리면서 태양은 은색의 뿌연 띠만 덩그러니 남겨 놓았다.

우리는 엿새째 되는 날이 오기를 기다렸다. 정확히 말하면 나는 아직 그날을 기다린다고 할 수 있었지만, 그 스웨덴 노인은 결코 그 날을 보지 못했다. 그때부터 우리는 줄곧 칠흑 같은 어둠 속에 휩싸였는데, 배에서부터 오십 피트 거리도 볼 수가 없었다. 우리를 감싸고 있는 밤은 영원할 것만 같았고 바다는 온통 적도 부근에서 자주 보았던 푸르스름한 인광燐光으로 반짝거리고 있었다. 바람은 여전히 기세가 꺾이지 않은 채 사납게 휘몰아치고 있었지만 지금까지 끊임없이 몰려오던 풍랑과 파도는 더 이상은 일지 않았다. 우리는 온통 짙은 어둠의 공포속에 둘러싸여, 마치 찌는 듯한 밤의 사막 한가운데에 있는 것 같았다. 스웨덴 노인은 점점 미신적인 공포감에 사로잡혀 갔고, 나 또한 불안감을 느끼며 말없이 생각에 잠겨 있었다.

우리는 배를 손보는 것은 아무 소용없으며 우리의 몸만이라도 안전해야 한다는 생각에 부러진 돛대 기둥에 바짝 몸을 붙인 채 열심히 바다를 살피고 있었다. 시간을 알 수도 여기가 어디쯤인지도 도무지 알 도리가 없었다. 하지만 배가 다닐 수 없을 정도의 남쪽 바다에까지 내려와 있다는 것만은 알 수 있었는데, 그러면서도 이 정도 남쪽이면 당연히 뱃길을 가로막아야 하는 얼음덩이들이 보이지 않아 우리는 매우 당황하고 있었다.

집채만한 파도가 덮치는 순간순간 우리는 최후를 맞이하는 심정이었다. 파도의 위력은 상상을 초월할 정도여서 우리가 물귀신이 되지 않는 것이 기적만 같았다. 스웨덴 노인은 이 배가 화물을 많이 실은 것도 아니고 또 성능이 매우 좋은 배라는 것을 들추며 희망을 북돋우려 했지만, 나로서는 극심한 절망감이 덮쳐오는 것을 어쩔 수가 없었다. 그때쯤 나는 기껏해야 한 시간 정도도 버티지 못하고 죽음을 맞이하게 될 거라고 체념하고 있었다. 배가 조금씩 나아갈 때마다 우리를 덮쳐오는 괴물 같은 파도가 점점 더 무시무시해졌기 때문이었다. 어떤 때는 배가 파도에 하늘 높이 치솟아 올라 숨이 턱턱 막히는 듯 했으며, 어떤 때는 반대로 물 깊숙이 곤두박질쳐 현기증이 일었는데 이럴 때는 마치 하늘에서 수직으로 아래를 향해 떨어지는 듯한 느낌이어서 우리는 온갖 비명을 질러댔다.

배가 풍랑 아래로 크게 한번 곤두박질쳤을 때, 스웨덴 노인의 두려움에 찬 날카로운 비명 소리가 밤하늘을 갈랐다.

"저런! 저런!"

그의 비명 소리가 내 귓전을 울렸다.

"오, 이런! 이것 봐! 이것 봐!"

그의 비명 소리와 함께 흐릿한 붉은 불빛이 우리가 누워 있는 부서진 양쪽 판자를 비추면서 갑판 위를 이리저리 어른거리고 있었다. 눈을 들어 위를 쳐다보고 나는 그만 피가 얼어붙는 것만 같았다. 바로 내 눈 위의 엄청나게 높은 공중에서 아마도 사천 톤은 되는 커다란 배가 우리 쪽으로 급히 곤두박질치고 있었기 때문이다.

그 배는 분명 같은 항로를 다니는 배들과는 비교가 안 될 정도로 엄청나게 컸고, 현존하는 '이스트인디아맨' 호號보다도 더 컸다. 거대한 선체의 표면은 검은색으로 칙칙한 느낌을 주었고 어느 배들과 다름없이 갖가지 조각이 되어 있었다. 동銅으로 만든 포砲는 한 줄로 죽 늘어선 포문 밖으로 얼굴을 내밀고 있었고, 반들반들하게 닦여진 포신砲身의 표면에는 돛대 밧줄에 매달려 이리저리 흔들리는 수많은 전투용 등불의 불꽃들이 반사되고 있었다. 그 미친 바다와 종잡을 수 없이 불어대는 그 광풍에도 불구하고 그렇게 거대하고 무거운 선체를 지탱하고 있는 모습에 우리는 정말로 경악하지 않을 수 없었다.

처음 그 배를 보았을 때는 뱃머리 부분만 보였는데, 시커멓고

무시무시한 파도에 실려 천천히 솟구쳐 오르고 있었다. 그러다가 그 파도의 꼭대기에서 배가 멈추어 섰는데 마치 그런 제 모습을 잠시 아래로 살펴보는 듯 했다. 그리고는 배가 흔들더니 기우뚱하면서 아래로 곤두박질쳤던 것이다.

바로 이 순간 나는 내가 얼마나 침착했는지는 잘 모르겠다. 있는 힘을 다해 배 후미 쪽으로 비틀대며 달아나면서도 곧바로 닥쳐올 마지막 순간이 별로 두렵지만은 않았다. 그 거대한 배가 곤두박질하는 충격으로 우리가 탄 배는 마침내 견뎌 내지 못하고 뱃머리부터 가라앉기 시작했다. 그 순간 나는 엄청난 충격에 의해 공중으로 날아갔는데, 정신을 차려 보니 그 낯선 배의 돛대 밧줄에 걸쳐져 있었다.

내가 그 배에 떨어졌을 때, 뱃머리가 바람이 불어오는 쪽을 향해 있어서 많이 흔들리고 있었다. 선상에서는 혼란이 계속되고 있었기 때문에 나는 선원들의 눈을 피할 수가 있었다. 나는 어렵지 않게 배의 승강구를 찾아 재빨리 사람들 눈에 띄지 않도록 몸을 숨겼다. 내가 왜 그렇게 했는지는 나도 모르겠다. 그 배의 선원들을 처음 보았을 때 내 마음을 사로잡은 알 수 없는 두려움 때문에 그런 것 같다. 내가 너무 성급하게 본 것은 아닌지 모르겠지만, 이상한 행색과 생김새를 한 믿음이 가지 않는 불안한 무리들에게 내 자신을 드러내 놓고 싶지 않은 심정이었다. 그래서 어딘가에 몸을 숨기는 것이 좋겠다고 생각했던 것이다. 나는 가득 쌓아 놓은 목재 틈 사이에 판자 몇 장을 가져와 숨을 공간을 그럴 듯하게 만들었다.

숨을 곳을 다 만들었다 싶은 순간, 발자국 소리가 들리는 바람에 나는 얼른 그 안으로 몸을 숨겼다. 한 남자가 힘이 빠져 휘청거리는 발걸음으로 바로 앞을 지나갔다. 그의 얼굴은 볼 수 없었지만 전반적인 외양은 파악할 수 있었다. 그는 분명히 나이가 많은데다가 노쇠했다. 오랜 세월의 풍파를 겪어서인지 무릎은 휘청거렸고 몸 전체가 떨리고 있었다. 그는 쉰 목소리에 이상한 말투로 혼자서 중얼중얼했는데, 어떤 말은 무슨 말인지 알아들을 수가 없었다. 그는 한쪽 구석에서 이상하게 생긴 공구工具 다발과 낡아서 너덜너덜한 항해 지도를 더듬더듬 찾고 있었다. 그는 어떤 때는 늘그막에 접어든 노인네들의 성질 급한 모습을 보이기도 하다가 또 어떤 때는 신성한 느낌을 받을 정도로 아주 진지하면서도 엄숙한 모습을 보이기도 했다. 얼마 후 그는 갑판으로 올라가 버렸고, 그 후로는 그를 보지 못했다.

뭐라고 말할 수 없는 이상한 느낌이 지금 나를 사로잡고 있다.

지금까지 한 번도 경험해 보지 못했던, 도저히 분석이 안 되는 이 기분은 앞으로 시간이 지나도 제대로 분석하거나 설명하지 못할 것 같다. 나처럼 치밀한 의식을 가진 사람에게 이런 생각이 드는 것은 죄악이나 마찬가지인데 말이다. 내가 나를 잘 알지만, 나는 절대로 이런 느낌의 본질을 애매 모호한 그대로 내버려두지는 않을 것이다. 그러나 어쨌든 기분이 이처럼 애매 모호한 것이 좋을 리는 없는데, 그것은 이런 기분이 너무나도 생소하기 때문이다. 어떤 새로운 감각이 내 영혼속에 한 자리를 차지한 것이다.

이 무시무시한 배의 갑판에 첫발을 들여 놓은 지도 상당히 오래되었고, 내 운명도 한 곳으로 그 초점이 모아지고 있다는 생각이 든다. 도저히 이해가 안 가는 인간들이다! 모두들 무슨 생각에 그리도 깊이 빠져 있는지, 그들은 나를 보지도 못한 채 그냥 지나간다. 내가 보기엔 내가 숨어 있는 곳은 아주 엉성한데도 이 인간들은 아예 볼 생각을 않는 것 같다. 나는 방금 이 친구들 눈 앞을 바로 지나왔다. 잠시 전에 선장실에 몰래 들어가 지금 쓰고 있는 이 필기구들을 가지고 왔었다. 나는 시간이 나는대로 이 기록을 계속해 나갈 것이다. 내가 이 기록을 세상에 발표할 기회가 없을지도 모르겠지만, 그래도 나는 이 노력을 계속해 나갈 것이다. 만약 최후의 순간이 온다면, 나는 이 기록을 병에 넣어 바다에 던질 것이다.

어떤 우연한 일이 계기가 되어 내가 깊은 생각을 할 수 있는 새로운 여지가 생겼다. 그런 걸 운이 작용한다고 하는 건가? 나는 얼마 전에 갑판으로 올라가 사람들의 눈을 피해 조그만 범선帆船 안에 엉켜 있는 닻줄과 낡은 돛대들 사이에 몸을 숨겼었다. 내 운명이 참 기구하다는 생각이 들면서 나도 모르게 옆에 있는 나무통 위에 잘 접혀 있는 보조 돛대의 모서리를 타르용 붓으로 획획 칠했다. 지금 그 돛대는 한쪽 끝이 바닥에 떨어져 있고 아무렇게나 칠해져 있는 붓 자국들에서 무언가 생각나는 것이 있다.

지금은 이 배의 구조에 대해 유심히 살펴보고 있는 중이다. 무기들이 제법 잘 갖추어져 있지만 전함戰艦인 것 같지는 않다. 닻줄이나 선체의 모양이나 여러 가지 설비들까지 어느 모로 보아도 전함은 아닌 것 같다. 전함이 아닌 것은 분명한데, 어떤 성격의 배인지는 도저히 모르겠다. 이 배가 어떤 용도로 만들어진 것인지는 모르겠지만, 이상하게 생긴 배 모양과 아주 독특한 종류의 원목圓木으로 만들어진 돛대들, 엄청나게 거대한 선체와 배를 가득 덮고 있는 범포帆布, 아주 단순한 모양의 뱃머리와 완전히 구식인 선미船尾의 형태 등을 자세히 살펴보고 있으면, 이따금씩 친근한 느낌이 불쑥불쑥 들기도 한다. 하지만 그것이 무엇인지는 기억이 날 듯 말 듯한 아주 오래된 외국 역사의 연대기나 연도처럼 감이 뚜렷하게 잡히지 않는다.

　나는 지금 이 배에 사용된 목재들을 살펴보고 있는 중이다. 이 배를 만드는 데 들어간 목재들은 처음 보는 것들이다. 나무들이 사용된 용도와는 전혀 어울리지 않는 것 같은 엉뚱한 느낌이 들었는데, 무슨 말인가 하면, 이런 바다에서 항해를 했으니까 벌레가 먹었다고는 볼 수 없고, 그렇다고 오래 되어서 부식이 된 것도 전혀 아닌데, 나무에 온통 잔잔한 구멍이 나 있다는 것이다. 나더러 호기심이 지나친 것 아니냐고 할 수도 있겠지만—내가 스페인 산産 오크나무를 잘 모르고 하는 소리인지는 모르겠으나—이 목재는 아무리 보아도 스페인 산 오크나무인 것 같다.

　앞의 글을 읽다보니 아주 오랜 세월을 바닷바람과 싸워 온 한 늙은 네덜란드 항해사가 들려준 아주 재미있는 말이 갑자기 생각난다. 그는 누군가가 자신의 정직함을 의심하면 다음과 같은 말을 하곤 했었다.

　'내 말이 옳다는 것은 바다가 있고, 뱃사람들의 몸이 불어나는

것에 맞추어 배의 크기도 점점 더 커져 갈 것이라는 것만큼 분명하다.'

약 한 시간 전에 나는 대담하게도 이 배의 선원들 사이에 끼어들었었다. 그들은 나한테는 전혀 눈길도 주지 않는 듯, 바로 그들 한가운데에 서 있었는데도 전혀 몰라보는 눈치였다. 나의 은신처에서 처음 보았던 그 늙은이와 똑같이 모두들 백발이 희끗희끗한 늙은이들이었다. 쇠약한 모습으로 무릎이 휘청거렸고, 어깨는 앞으로 굽었으며, 온갖 풍파를 담고 있는 주름진 얼굴에는 꺼칠꺼칠한 피부가 축 늘어져 있었다. 목소리는 힘없이 떨리는데다가 쉰 소리를 내고 있었다. 그들의 눈빛에는 오랜 세월의 고달픈 삶이 묻어 나왔으며, 희끗희끗한 머리칼은 세찬 바람에 제멋대로 휘날리고 있었다. 갑판 여기저기에는 이상하게 생긴 구닥다리 항법 장치와 측정 도구들이 널브러져 있었다.

언젠가 앞에서 보조 돛대가 바닥으로 구부러져 있었다는 이야기를 했었다. 바로 그때부터 이 배는 잡아먹을 듯한 사나운 바람에 시달리며 정남쪽으로 끔찍한 항해를 계속하고 있는 중이다. 돛대 꼭대기에서부터 제일 밑의 보조 돛대인 가로 활대에 이르기까지 범포帆布를 모두 말아 올려놓았는데, 무시무시한 바다가 한번 뒤엎어질 때마다 돛대 제일 위의 가로 활대가 거의 바다 속으로 잠겨버릴 정도로 배가 요동을 쳤다. 나는 한 발자국도 제대로 뗄 수 없는 갑판에서 방금 몸을 피했는데, 갑판 위의 선원들은 그냥 그런대로 견뎌 내고 있는 것 같다.

이 엄청난 덩치의 배가 아직도 가라앉지 않은 것이 나로서는 기적 중의 기적처럼 보인다. 바다 속으로 가라앉지도 못하고 끝없이 계속해서 이런 바다 위를 헤매고 다녀야 할 운명인 것 같다. 전에는 상상조차 하지 못했던 어마어마하게 큰 파도가 덮쳐 오면 우리가 탄 배는 정말 쏜살같이 바다 위를 미끄러져 나가고 있다. 마치 죽음의 신과 같은 거대한 파도가 고개를 치켜들고 우리를 덮쳐 오는데, 그러면서도 위협만 할 뿐이지 정작 배를 삼켜 버리지는 않고 있다. 나는 그렇게도 자주 침몰을 모면하는 이유는 자연현상의 다음과 같은 효과 때문이라고 생각된다. 즉 우리가 탄 배는 틀림없이 어떤 강한 조류의 영향을 받고 있던지, 아니면 그와 반대 방향으로 흐르는 바다 밑의 강한 저류底流의 영향을 받고 있다는 생각이 든다.

나는 선장실에서 선장의 얼굴을 똑바로 마주 보았는데, 예상하긴 했지만 그래도 그는 나에게 전혀 신경을 쓰지 않았다. 그냥 언뜻 보기에 그는 일반 사람과 별 다른 점이 없는 평범한 얼굴이지만, 그를 바라보면 이상한 감정이 들면서 나도 모르게 경외감 같은 것이 절로 느껴진다. 그가 일어서면 키는 나와 비슷하다. 내 키는 오 피트 팔 인치 정도이다. 그의 몸은 균형 잡히고 단단했는데 건장하다거나 그 외에 다른 신체적 특징이 있는 것은 아니다. 하지만 그의 얼굴 표정은 아주 독특하며, 거칠고 험난했던 수많은 세월의 연륜이 진한 감동으로 느껴지는데, 그런 그의 얼굴을 보고 있으면 무언가 말로 표현할 수 없는 애잔한 기분이 든다. 잔주름이 있는 그의 이마는 무수한 세월을 담고 있는 것 같고, 그의 희끗희끗한 백발은 지나온 과거를 증언하는 듯 하며, 또한 그의 흐릿한 눈은 멀리 미래를 내다보고 있는 것 같았다.

선장실 바닥에는 쇠고리가 달린 이상하게 생긴 넓은 종이들과 주물鑄物을 할 때 사용하는 형틀, 그리고 아주 낡고 케케묵은 항해지도들로 발 디딜 틈이 없었다. 선장은 머리를 두 손으로 바친 채 눈을 부릅뜨고 종이 한 장을 뚫어지게 바라보고 있었는데, 내가 보기에는 항해명령서 같았고 각 항목마다 왕의 서명이 있었다. 은신처에서 처음 보았던 그 늙은이와 똑같은 모습으로 그도 혼자서 중얼거렸는데, 거칠면서도 빠른 외국어였다. 바로 내 팔꿈치 옆에서 중얼거렸는데도 그의 목소리는 일 마일이나 되는

먼 거리에서 들려오는 듯한 느낌이었다.

이 배와 이 안의 모든 것들은 하나같이 케케묵은 옛것 일색이다. 선원들은 마치 수백 년 묵은 유령의 모습처럼 이리저리 흘러다니는 듯한 모습인데, 무언가를 바라는 듯 불안한 눈초리를 하고 있다. 사납게 흔들리는 등불 빛을 받은 그들의 커다란 손 그림자가 갑자기 어른거리면서 앞을 막으면, 평생을 고물품상古物品商을 해 오면서 밸베크, 타드모르, 퍼스폴리스 등지를 돌아다니며 온갖 폐허의 음산함 속에 흠뻑 젖어보았던 나로서도 혼비백산魂飛魄散한다.

다시금 돌이켜 생각해 보니, 앞서 걱정했던 것이 부끄럽다. 지금까지 우리를 괴롭히고 있는 이 광풍이 그렇게도 두렵다면, 토네이도니 폭풍이니 하는 말로는 도저히 설명이 안 되는 이 무지무지한 광풍과 미친 듯한 바다가 울어댈 때 나는 당연히 기겁을 하고 놀라야 하지 않는가 말이다.

배 주위는 온통 칠흑 같은 길고 길기만 한 어둠과 태산 같이 덮쳐 오는 파도만 있을 뿐이다. 그런데 배 양편으로 멀리 거대한 빙벽의 희미한 모습이 가끔씩 눈에 들어오고 있다. 하늘을 찌를 듯이 높이 솟아 있는데, 마치 이 우주의 담장 같은 느낌이다.

내가 생각했듯이, 이 배는 바닷물의 흐름을 따라 흘러가고 있는 것이 분명하다. 이 조류를 이렇게 말하는 것이 적당할지는 모르겠지만, 거대한 빙산에 의해 발생하는 아주 빠른 회오리 물살에 의해 우리가 탄 배는 마치 큰 폭포가 아래로 곤두박질치는 듯한 엄청난 속도로 남쪽을 향해 내달리고 있는 것이다.

지금 내가 느끼고 있는 공포감이 어느 정도인지는 아마 그 누구도 상상하지 못할 것이다. 하지만 이 이상하고도 무시무시한 해역으로 접어들고 있다는 호기심에 절망적인 두려움조차 달아나 버렸고, 내가 맞이하게 될 끔찍한 죽음까지도 그러려니 하는 생각이 든다. 분명 우리는 짜릿한 흥분을 주는 무언가를 향해 빠른 속도로 달려가고 있다. 그것을 알게 되는 그 순간이 곧 죽음을 의미하며 앞으로도 결코 세상에 알려지지 않을 그것을 향해서 말이다. 지금의 이 조류는 우리를 남극으로 데려가고 있는 것 같다. 어떤 사실을 이렇게 분명하게 추측하는 마음속에는 그렇게 되기를 바라는 마음이 있다는 것을 말하지 않을 수 없다.

선원들은 불안하고 두려운 발걸음으로 갑판 위를 분주히게 오가고 있다. 그래도 그들의 얼굴에는 어두운 절망감보다는 희망의 빛이 역력하다.

여전히 바람은 배 뒤쪽에서 휘몰아치고 있고, 수많은 범포帆布 때문에 가끔은 배가 하늘로 날아오르는 듯이 수면에서 높이 솟구치고 있다! 그리고 정말로 무시무시한 것은, 빙산이 갑자기 오른쪽으로 갈라졌다 다시 왼쪽으로 갈라지곤 하면서, 우리가 탄 배가 거대한 빙산들이 둘러서 있는 그 가장자리를 돌고 돌면서 엄청나게 큰 회오리 물살 속으로 서서히 빨려 들어가고 있는 것이다.

빙산들의 꼭대기는 어둡기도 하고 높기도 해서 잘 보이지도 않는다. 이제 내 운명에 대해서 생각할 시간도 얼마 남지 않았다. 회오리 물살의 폭이 점점 좁아지면서 우리는 아주 정신없이 빠르게 그 속으로 빨려 들어가고 있다. 시커먼 바다와 광풍이 미친 듯이 날뛰는 가운데 그 사나운 회오리 물살 속으로 우리가 탄 배는 요동을 치면서—안 돼!—가라앉고 있다!

포우에 대하여

에드거 앨런 포우는 1809년 1월, 미국의 보스턴에서 태어났다. 그러나 포우가 태어난 지 얼마 되지 않아 아버지는 집을 나가 행방을 알 수 없게 되었고, 어머니마저 갑자기 세상을 떠나고 말았다. 그리하여 포우는 아버지와 어머니의 얼굴도 모른 채 불행한 인생을 살지 않으면 안 되었고, 태어나면서부터 닥쳐온 불운은 그에게 결정적인 영향을 끼치게 되었다.

　포우는 담배를 수출하는 상인인 대부 앨런 가에 양자로 들어갔다. 비록 양자였지만 부유한 생활을 했기 때문에 그는 어린 시절을 비교적 행복하게 보냈다. 그가 여섯 살이 되던 해에 그는 양부모를 따라 영국에 있는 런던의 사립 학교에 들어가게 된다. 1820년, 포우는 미국으로 다시 돌아왔고, 17세인 1826년에는 버지니아 대학에서 그리스어, 프랑스어, 이탈리아어 등을 배웠다. 문학적 감성이 뛰어났던 그는 이 무렵부터 시를 짓는 데 뛰어난 능력을 발휘하곤 했다. 그러나 방탕한 생활로 말미암아 퇴학당하고 양부모와도 사이가 벌어져 그 이듬해 집을 뛰쳐나온다.

보스턴으로 간 포우는 첫시집을 내지만 그다지 호응을 얻지 못하고 궁핍한 생활만 계속된다. 이에 생활고를 해결하기 위하여 이름과 나이를 속이고 미국의 육군에 지원하기에 이른다. 그 무렵 양부와 화해를 하고, 군대를 제대한 후 웨스트포인트 사관학교에 입학하지만 자유분방한 예술가적 기질을 지니고 있었던 그는 엄격한 훈련과 규칙을 견디지 못하고 이듬해 상관에 대한 반항과 훈련 태만을 이유로 퇴학당하고 만다.

군인이 되기를 포기한 포우는 작가의 길을 걷기로 결심하고 뉴욕으로 향한다. 그가 22세 되던 해인 1831년에 시집을 내고, 볼티모어의 주간지 현상모집에 당선되기도 한다. 이후 고향으로 돌아가 《남부 문예 통신》이라는 잡지의 부편집장이 되는데, 포우는 뛰어난 재능을 발휘하여 발행 부수를 많이 늘리게 된다. 또한 14세인 사촌 누이동생 버지니아와 비밀 결혼을 하여 행복한 앞날을 펼쳐 나간다. 그러나 이러한 행복도 잠시, 그는 어느새 술주정뱅이가 되어서 생활고는 극에 달하게 되고, 아내는 허약

한 체질 때문에 고통을 당해야만 했다. 이리하여 포우는 모든 것을 버리고 뉴욕으로 향한다.

포우는 뉴욕에 와서 그의 유일한 장편소설인 『아더 고든 핌 이야기』를 비롯하여 단편소설을 쓰기 시작한다. 이것이 1838년의 일이다. 1839년에는 《젠틀맨즈 매거진》의 편집인이 되어 「어셔가의 몰락」, 「윌리엄 윌슨」 등의 작품을 발표한다.

1841년에는 《그레이엄즈 매거진》의 편집인이 되어 일급 편집자로 명성을 떨치게 되며, 당대의 문인들과도 교류를 갖게 된다. 이 해에 그는 단편 「모르그 가의 살인」, 「소용돌이 속에서」, 「요정의 섬」을 발표하여 미국 문학계에 큰 충격을 안겨주었으며 대중작가로서 군림하게 된다. 이렇게 작가로의 명성이 쌓여갈 때 사랑하는 아내 버지니아가 폐병을 앓기 시작하는데, 그로 인해 포우는 극도의 심리적 불안감을 느낀다. 그러나 그런 가운데에서도 그의 작품 활동은 계속된다.

1843년에 단편 「황금충」이 필라델피아 신문에 당선되자 그는 계속해서 「검은 고양이」와 같은 독특한 작품들을 발표하였다. 그러나 아내의 병이 악화되자 그의 작품들은 극도로 우울해졌고, 이러한 감상성과 우울함은 아이러니컬하게도 대중들에게 커다란 인기를 모으는 계기가 되었다.

포우의 명성이 높아짐에 따라 생활이 안정되자 그는 죽어가는 아내 때문에 괴로워하면서도 다른 여인의 사랑을 갈구했기에 몇몇 여인과의 관계가 구설수에 오르기도 했다.

　1846년에 그는 아내의 요양과 자신의 심리적 안정을 위해 뉴욕 교외의 오두막으로 이사하지만 아내의 병세는 더욱 악화되었다. 마침내 1847년 1월 30일, 그의 아내는 24세의 젊은 나이로 세상을 등지고 만다. 이후 그는 7세 연상의 부유한 미망인인 여류 시인 휘트먼과 사랑에 빠져 청혼하지만, 그의 음주벽과 건강을 이유로 거절당한다. 포우는 안정된 생활을 위하여 여성을 필요로 하였는데 그러한 그의 성향은 어린 시절부터 지녀온 애정 결핍 때문인 듯하다. 그러나 그 누구도 그의 동반자가 되어 주지는 못했고, 결국 포우는 실의에 찬 생활의 연속일 수밖에 없었다.

　1849년인 40세에 우연히 옛애인을 만나 약혼까지 하게 되지만, 그해 10월 3일 어느 술집 앞에서 술에 만취한 채 쓰러져 사망하였다.

　포우는 세상을 떠날 때까지 1편의 장편과 74편의 단편을 남겼다. 그의 작품은 공포적인 효과와 추리적인 효과를 지닌 작품으로 구별해 볼 수 있는데, 대부분의 작품이 전자에 속하고, 4편 정도의 작품이 후자에 속한다.

포우가 문학적인 포부를 안고 있었을 당시, 미국 문단은 독자에게 위안과 교훈을 주는 것을 문학의 유일한 목적으로 삼았다. 달리 말하면, 포우와 동시대의 작가들은 어떤 의미에서 일종의 아메리카니즘을 고양시키는 데 전력을 기울였던 것이다.

　그러나 포우는 그러한 풍조에 반발하여 자신만의 독자적인 예술 경향을 획득하게 된다. 즉 그의 예술이 지향하는 바는 전혀 인간적 요소를 지니지 않은 특이한 지적 · 추상적인 방향이 되는 것이다. 당시만 해도 기괴와 신비나 환상으로 가득한 상상의 세계를 전개시키고, 단편소설의 장르를 시도한 작가는 거의 없었다. 그러한 점에서 포우는 근대 탐정소설, 단편소설의 효시자이자 완성자로 독보적인 위치를 확보할 수 있었다.

　포우가 이후의 소설 장르에 끼친 영향은 실로 막대하다. 단편소설의 창시자로서 뿐만 아니라 작품의 내용과 가치를 볼 때 오히려 단편소설의 완성자라고 하는 게 더 옳은 평가일 것이다. 또한 포우는 열정적인 삶만큼이나 시에서부터 소설, 평론에 이르기까지 문학적인 열정으로 끊임없이 새로운 것을 추구했으며, 그러한 추구가 오늘날 그의 명성을 만들었다.

작품 줄거리 및 해설

『포우단편집』은 많은 단편들 가운데 7편의 단편을 묶은 것이다. 그 중 가장 유명한 작품이 「검은 고양이」인데, 이 작품은 강박관념에서 살인을 범하는 이야기를 다룬 것으로 그로테스크한 소설로 꼽힌다.

「검은 고양이」는 주인공 '나'가 좋아하는 고양이를 죽이고, 대신 키우던 고양이를 또다시 죽이고, 아내마저 죽여서 시체를 벽 속에 묻어 두지만 고양이의 비명으로 발각된다는 이야기이다. 이 작품은 주인공의 심리나 범행 동기, 그리고 결과 등을 고백 형식으로 짜임새 있게 서술하고 있어서 독자의 손에 땀을 쥐게 한다.

거칠어져 가는 인간의 심리를 그로테스크한 검은 고양이의 모습으로 상징하고, 심리적 괴로움과 공포를 그린 이 작품은 인간이 지니고 있는 원초적인 이중 심리를 적나라하게 파헤쳤다. 포우는 이미 프로이트 이전에 인간의 잠재의식을 탁월하게 문학 작품으로 형상화했던 것이다. 아름답고 건강해 보인다 하더라도 인간의 이면에는 누구나 보이지 않는 이상 심리가 있다는 것이 작가 포우가 말하고자 하는 바다. 하지만 우리는 아름다운 겉모습만 보기 때문에 포우의 작품과 같은 인간의 다른 모습을 접하게 되면 기괴하게 느껴지지 않을 수 없다. 그렇다 하더라도 포우가 그리고 있는 한 남자의 모습이 바로 우리의 모습일 수 있음을 상정한다면, 그야말로 포우는 인간의 내면을 냉철하게 분석한 최초의 심리학자가 아닌가 싶다.

「어셔 가의 몰락」은 사랑과 죽음을 다룬 괴이한 이야기를 그 내용으로 하고 있다. 현실과 환상이 뒤섞인 침울한 분위기 속에서 정신적·물질적으로 몰락해 가는 한 집안의 이야기인 것이다.

우울증이 있는 로데릭 어셔는 이성을 잃은 혼란스런 상태에서 쌍둥이 누이동생인 메들린을 사랑한다. 그러나 메들린은 중병으로 죽고, 로데릭은 그녀가 죽은 지 2주가 지나도록 시체를 매장하지 않은 채 그대로 방치한다. 그런데 피묻은 시의를 입은 메들린이 갑자기 나타나 로데릭을 죽이고 어서 가의 몰락이 시작된다.

이 작품은 현실과 환상이 교차되는 속에서 공포의 효과를 노린 것으로, 포우의 단편 중 걸작으로 꼽힌다.

이 밖에도 포우는 많은 단편과 공포, 추리소설을 남겼다. 그의 작품들의 가치는 그가 살아 있을 때보다 죽은 다음 더욱 그 빛을 발했다. 즉 단편소설의 우수성을 사람들이 인정하게 된 것은 포우가 죽은 후의 일이었던 것이다. 포우는 끊임없이 새로운 형식을 끌어들였는데, 「황금충」에서는 범죄소설과 같이 뚜렷한 구분이 없는 탐정소설에 추리라는 형식을 끌어들임으로써 작품의 완성도를 높였다.

포우의 작품들은 후대의 작가들에게 많은 영향을 끼쳤다. 포우가 아니었다면 셜록 홈즈 탐정의 탄생이 가능했을까. 그리고 프랑스의 상징주의 시인을 대표하는 보들레르 역시 포우의 시나 단편소설 등을 통하여 자신의 문학적 재능을 닦았다. 이렇듯 포우는 근대 문학의 선구자로 평가받을 만큼 뛰어난 문학적 재능을 발휘하였다.

역자 후기

무려 200년에 가까운 포우와의 공간적·시간적 격리 때문인지, 아니면 그의 작품과 그의 생애 그 자체가 내뿜고 있는 음산하고 칙칙한 귀기鬼氣가 몸에 낯설어서인지, 선뜻 글이 나서지 않는다. 또 한편으로는 그의 추리작품에서 보여주는 정확하고 치밀하면서도 상당히 자만에 들떠 있는 듯한 그의 인식 논리와 분석 능력이 쉽게 따라잡히지 않는 데서 오는 약간의 거부감, 아니면 낭패감 때문일지도 모르겠다.

번역하면서 느낀 것은 그의 작품은 크게 세 가지의 영육靈肉의 요소를 가지고 있다는 것이다. 즉 '어둠(darkness)'이라는 뼈대에, '죽음(death)'이라는 영혼과, '음산함(dreariness)'이라는 살덩이를 달고 있다는 것이다. 이 세 가지 요소가 3D(threedimension)의 입체적인 그림으로 실감나게 '하얀 백지' —그가 「어서 가의 몰락」에서 묘사한 바와 같이 갑자기 자신도 모르게 마약에서 깨버린 자의 텅 빈 허탈감이나 불안감과 같은, 아마 포 우더러 자신의 평생을 그림으로 그려보라고 하면 이렇게 하얀 백지를 남겼을 법도 한—위에 그려지고 있다는 것이다.

'어둠'은 거의 모든 그의 작품을 지탱하고 있는 뼈대로, 대부 분의 작품 마지막 부분에 이르러서는 마치 흐물흐물 녹아 흘러 내리며 '하얀 지면'을 먹물로 삼켜버리는 듯한 느낌이다. 등줄 기가 후줄근해지며 시커먼 땀이 주르르 흘러내릴 것만 같다.

밀폐된 지하실, 고문 그 자체보다도 더 두려운 고문실拷問室의 암흑. 그리고 자신마저도 어둠이 되어버린 듯한 칠흑 같은 바다. 포우는 왜 그렇게 '어둠' 속으로 자신을 계속해서 밀어 넣어야 했던 것일까? 이런 질문은 야행성 동물더러 너는 왜 밤에만 그렇 게 싸돌아다니느냐고, 또 거기에는 어떤 의미가 숨어 있는 것이 냐고 묻는 것만큼이나 우스운 짓거리일지도 모르겠다. 이렇게 말하고 보니 제법 오랜 시간 번역에 시달리다 자신도 모르게 포 우의 엉뚱한 말투만 닮아버린 듯한 느낌이다. 포우에게 직접 물 어보아도 모른다고 손사래를 칠 것 같다. 그냥 짧지만은 않은 자 신의 사십 평생을 한번 보라고만 할 것 같다. 마약과 주독酒毒에

뼛속까지 절어 침침한 선술집에서 객사客死한 새까만 정장 차림의 자신의 몰골을 한번 보라고 말이다.

'어둠'은 그의 삶이었고, 그의 영혼이었고, 그의 친구였으며, 그의 지배자였다고 해 버리고 말자. 「함정과 시계추」에서 그를 옴짝달싹도 못 하게 만들어 놓고는 공포, 절망, 죽음, 환희, 용기 그리고 냉철한 이성에 이르기까지 온갖 감정과 상념을 사정없이 펌프질해대는 거대한 고문 장치처럼.

그의 작품에는 거의 빠지지 않고 '죽음'이 등장한다. 그런 그의 '죽음'은 대부분 조금의 동정이나 조금의 애절함이나 조금의 머뭇거림도 없이 아주 무심히 그리고 신속하게 저질러져 버리고 만다. 이 점이 포우의 가장 큰 매력일지도 모르겠다. 그의 작품 속의 이런 요소 때문에 작가로서의 자신의 지위와 명성 또한 너무나 쉽게 자상自傷을 입어, 생전에는 작가로서는 거의 죽은 자와 다름없는 대우를 받은 원죄가 되었을지도 모르겠지만 말이다.

그런 살육의 정신 이상을 독자가 지적하기도 전에, 아니 감지조차 하기도 전에 생명을 도륙屠戮내 버리는 그의 이 독특한 수법은 「검은 고양이」에서 그 절정을 본다. 고양이의 한쪽 눈알을 도려내는 그 태연함, 올가미로 매달아 죽여 버리는 그 신속함 그리고 지극히 우발적이지만 그래도 아무런 저항감 없이 순간적 증오에 떠밀려 아내를 살해하고 곧장 시체를 처리할 방안을 떠올리는, 틀림없이 핏줄기가 튀었을 얼굴의 '그'의 눈빛은 옆에 나뒹굴고 있는 붉은 거품을 흘리고 있는 시퍼런 도끼 날을 무색케 할 것만 같다.

문득 '조금의 생명도 남기지 않는 것이 죽음에 대한 자비다'라는 말이 생각난다. 정확하지는 않지만 「달빛 자르기」로 기억되는 국내 작품에서 본 듯한데, 상대의 생명을 거둘 때에는 깨끗하게 절명을 내어버리는 것이 상대에 대해 자비를 베푸는 것이란다.

「검은 고양이」의 마지막 부분, 녀석의 생명을 남긴 채―이 부분이 사실 명확하지는 않지만, 어쨌든 고양이 녀석을 죽여서 집어넣었다 하더라도 이 모호한 부분이 사실 의도된 것일 수 있고, 또 그것 때문에 이 작품이 여운을 남기는 것이겠지만 결과적으로는 살아 있는 것과 다름이 없었다고 할 수 있을 것이다―회벽灰壁 속에 집어넣는 '실수―이 실수 역시 고양이에 대한 미칠 듯한 증오로 녀석의 생명을 남겨 녀석이 보다 고통스럽기를 바라는 저의底意의 실수였겠지만―'는, 사건 결말에 대한 통쾌감을 더해주면서도 한편으로는 주인공에 대한 알 듯 말 듯한 연민을 느끼게도 하는 것은 무슨 연유이며, 또 혼자만의 느낌일까?

또 한가지 '죽음'과 관련해 생각나는 것은 「검은 고양이」에서 포우 자신의 삶과 요절(?)이 오버랩 된다는 점이다. 개인적으로는 이 부분이 작품의 백미라고 생각되는데, 지하실에 시체를 숨겨 놓은 완벽한 회벽의 모습에서 완전범죄와 경찰 수사력에 대한 스스로의 우월감을 도저히 참아내지 못하는 주인공의 '딱 한 마디'에서 시작되어 표출되는 짧은 일련의 정신적 궤적은 그 가벼움만큼이나 의미심장한 메시지를 던지는데, 대부분의 포우 작품의 도입부에서 훔쳐볼 수 있듯이 그의 정치한 인식 논리와 분석력은 작가 자신의 정신적 오만과 우월감을 한층 드러내고 있으며, 우월감이 충동질하는 순간적 자기 과시의 욕구를 억제하지 못해 끝내 형장의 이슬로 사라지는 「검은 고양이」의 주인공의 고의적인 허망함 속에는 세상을 폄하眨下하면서 고고孤高한 타락과 방탕을 즐기다 끝내 자신을 뚝 떼어내어 홀로 있는 그곳으로 가져가 버린 당대의 천재의 의도된 경망한(?) 삶이 투영되고 있다고 하겠다.

「어셔 가의 몰락」 전반을 흐르고 있는 음산한 귀기와 로데릭 어셔의 기괴한 몰골은, 아마도 썩은 알코올에 절어 질퍽질퍽한 바닥의 선술집 바에 웅크리고 앉아 축 처진 채 칙칙한 밤을 죽이고 있는 포우 자신의 모습일지도 모르겠다. 푸르스름한 얼굴에 횅한 눈동자, 물러빠진 살갗과 말라 비틀어진 근육, 코를 찌르는 악취 등, 마치 수년 간 썩은 늪에 버려진 살덩이를 꺼내드는 것 같은 느낌인데, 포우는 자신을 그렇게 생각하고 또 그렇게 묘사했던 것은 아닐까? 무릇 영적인 우월감에 도취된 천재들이란 육질적인 자학과 피폐를 무슨 정신적 훈장 정도로 여기는 습성이 있어서 말이다.

드넓은 바다 속에 아무렇게나 던져버린 유리병은 곧 포우 자신의 정신세계와 작품들을 상징하는 것은 아닐까? 누군가가 건져내어 그 속의 메시지를 세상에 드러내는 여부는 그냥 바닷물의 흐름에 맡겨버리는 것도 그렇고, 사후에 포우가 위대한 문인으로 추앙받게 되는 결과도 주인공이 사망하고 난 뒤에 발견된 유리병과 닮아 있기 때문이다.

그다지 재미있을 것 같지도 않은 「유리병에 남긴 편지」를 번역하기로 마음먹은 것은 마지막 부분의 '안 돼!' 라고 외치는 장면이 눈에 들어왔었기 때문이었다. 특별한 목적 없이 머리나 식힐 겸 배를 타고 떠나는 주인공의 모습은 뚜렷한 목적 없이 인생이라는 너덜너덜한 수레에 몸을 던져 버리는 포우 자신일 것 같다. 악마와도 같은 칠흑 같은 바다 위를 홀로 버티고 나가는 모습 역시 검은 어둠 속을 헤치다 평생을 보내버린 포우 자신이 아니라고도 할 수 없다. 괴선박에서 마주친 유령 같은 선원들이 주인공을 마치 투명인간인 듯 도외시하는 장면에서는 역시 자기를 몰라주는 세상의 우둔한 자들에 대하여 어리둥절하면서도 그들을 능멸하는 포우의 독기가 느껴진다.

그리하여 그 누구도 살지 않는 남극이라는 의도된 극지極地에까지 내몰려, 거대한 빙산들이 만들어내는 도저히 어찌할 수 없는 바다의 소용돌이 속으로 침잠해 들어가는 모습은 어쩔 수 없는 주독으로 선술집의 바닥에서 서서히 식어 가는 포우의 마지막 모습을 떠올리게 한다.

세상과 삶에 대해 그렇게도 태연하며 자조적이었던 그가 마지막 침잠에 이르러 '안 돼!' 라고 외치는 그 엉성한 비명 소리에 저 육신의 끝자락에 소롯이 가라앉아 있던 삶의 찌꺼기들이 포르르 한번 일어나서는 다시 가라앉고 있다.

'삶은 그런 것인가 보다!'

사실 포우 작품을 번역하면서 몸이 약간 허겁해지는 것 같은 느낌을 받았는데, 지금 이 글을 쓰는 순간에도 다시 그때의 기분이 슬쩍슬쩍 몸 속을 훔치고 있다.

내가 처음 얼핏 본 포우의 글들이 주정꾼이자 마약중독자의 몽롱하면서도 살기 번득이는 주절거림처럼 들렸듯이, 역자의 이 글 또한 헛소리로 들릴지도 모르겠다. 그러나 다시 한 번 더 읽는다면 그때는 어쩌면 소리로 들릴지도 모르겠다.